Codependencia Para Principiantes

Cómo detener la relación dependiente con plan paso a paso real y abrir sus comunicaciones en su vida

Veronique Thompson

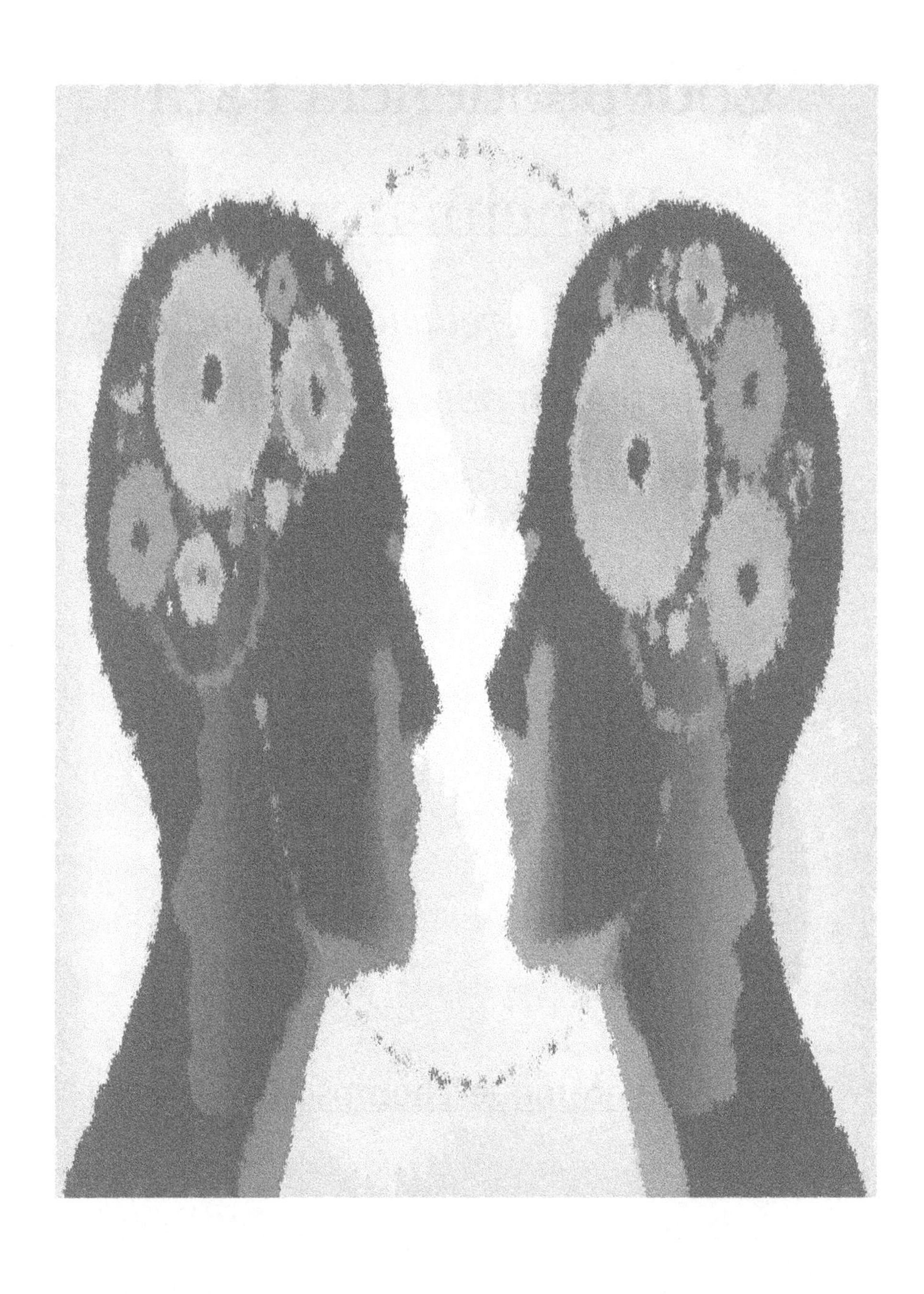

Resumen

Introducción

Codependencia puede ser una construcción relativamente nueva, pero ha existido desde la década de 1940 a pesar de que no se llamó "codependencia" desde el principio. La investigación sobre la codependencia se llevó a cabo por primera vez en las esposas y familias de alcohólicos anteriormente conocidos como co-alcohólicos. Sin embargo, se puede decir que la primera identificación de la codependencia como construcción psicológica tiene sus raíces en las teorías de Karen Horney, una psicoanalista alemana. En 1941, Horney propuso una teoría sobre cómo algunas personas adoptan lo que ella se refirió como el estilo de personalidad "Moving Towards" para deshacerse de su ansiedad. Según Horney, las personas con esta personalidad "moviéndose hacia" tienden a moverse hacia los demás para ganarse su afecto y aprobación. Al hacer esto, subconscientemente tratan de controlarlos actuando dependientes. Son del tipo que gira la otra mejilla cuando se le da una bofetada en una mejilla. Prefieren obtener la aprobación y la aceptación de los demás que respetarse o amarse a sí mismos. Inicialmente, el término "codependencia" se utilizó para describir a las familias de alcohólicos que se creía que interferían con la recuperación de los adictos en un intento de "ayudarlos".

Para entender la codependencia, los psicólogos se han referido a dos importantes teorías de psicoanálisis, "Teoría de sistemas familiares" y "Teoría del estilo de apego". Por lo tanto, echemos un vistazo más profundo a cada una de estas teorías y comprendamos cómo explican la codependencia.

Teoría de sistemas familiares

Una familia es la unidad emocional más básica de una sociedad; es probablemente donde los seres humanos aprenden a desarrollar sentimientos, vínculos y emociones humanas importantes. Aunque las relaciones familiares pueden ser complejas y no dos familias pueden ser completamente iguales, la teoría de los sistemas familiares sugiere que todas las familias tienen un modelo emocional o sistema similar. Es decir, las emociones se aprenden en todas las familias casi de la misma manera.

La teoría de los sistemas familiares tiene como objetivo considerar a la familia como una unidad emocional primaria y unificada. Propuesta por el Dr. Murray Bowen, psiquiatra, la teoría de los sistemas familiares propuso que cada miembro de la familia esté emocionalmente intensamente conectado. Bowen propuso que la familia es un sistema donde cada miembro desempeña un papel específico y sigue ciertas reglas. Cada miembro de una familia interactúa y responde entre sí en función del rol que se les asignó. Esto conduce al desarrollo de un patrón en el sistema familiar; un patrón en el que las acciones y comportamientos de un miembro afectan al resto de la familia de ciertas maneras. Dependiendo del sistema, estos patrones de comportamiento que se han desarrollado, resultan en un equilibrio, desequilibrio / disfunción, o ambos en la familia.

La teoría de los sistemas familiares dice que la familia tiene un impacto masivo en las acciones y emociones de cualquier individuo, y estos podrían ser negativos o positivos. También está diciendo que cuando un determinado miembro del sistema familiar se comporta de ciertas maneras, está obligado a afectar los comportamientos de cada otra persona en el sistema. Cuando una persona en el sistema experimenta ciertos cambios, afecta a la familia como unidad y a los miembros en términos de acciones y emociones. Por ejemplo, si un miembro de un sistema familiar normal, donde cada uno desempeña su papel y todo funciona como debe ser, experimenta un cambio como una repentina adicción al alcohol, este cambio repentino afectará a todas las demás personas de la familia y cómo actúan / juegan su papel en el sistema. Bowen dijo además que mantener un cierto patrón de comportamiento dentro del sistema familiar puede conducir a un equilibrio en el sistema y causar disfunción. Aunque el nivel de interdependencia entre las familias varía, cada familia tiene cierto grado de interdependencia y así es como debe ser una familia que funcione normalmente.

Por ejemplo, si el marido de una familia no puede estar a la altura de sus responsabilidades probablemente debido a ser alcohólico o adicto, la esposa tiene que acumular más responsabilidades en su papel para recoger la holgura que las acciones del marido causarían. Esta adición en el papel del marido a la esposa puede ayudar a garantizar la estabilidad en el sistema. Aún así, también conducirá a una disfunción al empujar a la familia hacia un nuevo equilibrio. Eventualmente, a la esposa le resultará difícil mantener dos papeles, lo que le hará abandonar el papel del marido que recogió, el suyo o una cantidad sustancial de ambos. Un ejemplo es una familia donde el padre es depresivo, irresponsable y carente de su papel. Digamos que el padre es un poco amable, reacio a trabajar o carente de la contribución de las cosas básicas en el hogar. Naturalmente, la madre tiene que asumir el papel de proporcionar todas las necesidades básicas de la familia, al tiempo que desempeña su papel natural de cuidadora como conseguir que los niños expresen sus necesidades, proporcionando la empresa que necesitan, etc. Cuando esto continúa durante mucho tiempo, la madre eventualmente se sobrecarga al interpretar este papel de exceso de rendimiento y subconscientemente comienza a dejar algunos de los papeles. Por ejemplo, puede estar tan consumida por trabajar y proporcionar alimentos, refugio y todo lo demás, hasta el punto de que ya no tiene tiempo para preocuparse o hablar con los niños sobre sus necesidades, sentimientos y pensamientos. En un caso en el que los niños tratan de comunicarse con ella, incluso puede callarlos bien o agresivamente debido a que están sobrecargados. Esto hace que los niños retrocedan y rehúyen expresar sus sentimientos, necesidades y pensamientos en el futuro. Esto conduce a una disfunción obvia que afecta a la familia en general y conduce a la "codependencia". En cierto modo, la madre también está mostrando rasgos codependentes al permitir las acciones del padre y luchar por retomar su responsabilidad.

El sistema familiar afecta la percepción individual de sí mismo, las emociones, los sentimientos y la percepción del mundo. Los conceptos más relativos que explican cómo ocurre la codependencia son la diferenciación de sí mismo, el sistema emocional familiar nuclear y el proceso de proyección familiar.

Teoría del estilo de apego

En los términos más simples, un apego se puede definir como una conexión emocional y un vínculo con otra persona. Sin embargo, en palabras del psicólogo británico John Bowlby, que es el primer desarrollador de la Teoría del Estilo de Apego, "el apego es una conexión psicológica duradera entre los seres humanos". El origen de la teoría del apego era entender la angustia que sentían los niños cuando son separados de su cuidador. Esta teoría puede explicar y entender la codependencia y por qué está arraigada en la infancia y la educación individuales.

Con la teoría del apego, Bowlby trata de entender la relevancia del apego en tándem al desarrollo personal de un individuo. Particularmente, esta teoría propone que la capacidad de un individuo para formar un apego físico y emocional a otras personas, produce una sensación de seguridad en sí mismo necesaria para crecer y desarrollar la personalidad correcta. Bowlby argumenta que la conexión más temprana formada por los niños con sus cuidadores principales tiene un impacto masivo en el desarrollo de sí mismo y personalidad del niño.

Es probable que los niños que fueron criados cerca (emocionales y físicos) de sus cuidadores primarios reconozcan su yo inherente y puedan protegerse de cualquier tipo de problema o abuso. El punto principal aquí es que cuando hay un cuidador principal disponible en la vida de un niño para proteger todas las necesidades básicas de alimentos a refugio, es muy probable que dicho niño desarrolle una sensación de seguridad en él o en sí mismo. Por otro lado, los niños que no recibieron apoyo y cuidado mientras crecían, ya sean emocionales o físicos, tienden a experimentar más ansiedad en su relación con sus padres y relaciones futuras.

Los niños que forman un estilo de apego inseguro con su cuidador son más propensos a mostrar rasgos codependentes que los niños que desarrollan un estilo de apego seguro con su cuidador. Para que un niño desarrolle una personalidad fuerte, segura e independiente, debe haber tenido una fuerte relación con al menos un cuidador principal que podría ser la madre, el padre o un tutor. Para que un niño tenga una relación fuerte con un cuidador, la familia debe ser funcional y normal donde el niño está siendo provisto de todas las necesidades básicas.

Pueden expresarse sin temor a la represión. En una familia disfuncional donde el cuidador es probablemente un adicto o un padre irresponsable, es altamente improbable que el niño tenga una relación fuerte y dependiente. Por lo tanto, un niño criado en este tipo de familia desarrollará una falta de seguridad en sí mismo o en el cuidador, lo que le hará retroceder de buscar nuevas experiencias, y a veces relaciones, que requieren intimidad. Según la investigación realizada, es probable que se desarrollen cuatro estilos de apego que los niños pueden desarrollar en función del tipo de relación que tengan con su cuidador. Aún así, las personas con personalidades dependientes suelen tener un estilo de archivo adjunto evitarte. Los padres de niños en familias disfuncionales tienden a ser física y emocionalmente insensibles y no están disponibles para los niños durante mucho tiempo. A sabiendas o sin saberlo, ignoran las necesidades y sentimientos de los niños y a menudo no toman nota de cuándo un niño está enfermo o herido. Este tipo de padres también tratan de hacer cumplir la independencia prematura en un niño, por ejemplo, exigiendo a una niña de 8 años que cuache a sus hermanos. Esto puede deberse a conflictos conyugales en la familia o disfunción con uno de los padres que afecta a la familia en su conjunto. Como resultado, el niño aprende desde la infancia a reprimir o suprimir el impulso natural de buscar a alguien con quien compartir sus sentimientos, angustia y dolor o a alguien con quien buscar consuelo. Debido a los rechazos, sufre cuando trata de comunicarse con su padre, el niño aprende a nunca mostrar signos de angustia. Se vuelve aún peor si el padre castiga al niño cuando expresa sus sentimientos; el niño recurre a mantener todo para permanecer en la proximidad física con el padre.

Como adultos, las personas con estilo de apego evitarte se vuelven autosuficientes y auto-nutritivos. Desarrollan un falso sentido de independencia de una manera que los engaña para que piensen que pueden cuidarse absolutamente a sí mismos. Esto, por supuesto, les dificulta buscar apoyo, amor y ayuda de las personas, incluso con las que comparten las relaciones más íntimas. Nunca muestran una necesidad externa de afecto, calidez o amor, pero están dispuestos a dar lo que nunca recibieron de su cuidador. Es decir, hacen esfuerzos adicionales para dar el amor, el cuidado y el apoyo que nunca recibieron en la infancia a las personas con las que eligen formar relaciones íntimas.

En conclusión, basándose en investigaciones, los psicólogos creen que el tipo de relaciones que las personas forman con los demás ya sea familia, amistad o cualquier otra relación íntima está influenciada por el tipo de estilo de apego que desarrollaron en la infancia. Por lo tanto, podemos concluir que las personas con estilo de apego evitarte son más susceptibles a la codependencia debido al tipo de educación disfuncional que tuvieron en la infancia para desarrollar un estilo de apego elitista.

Capítulo 1: Relación dependiente

Dinámica de relaciones de codependencia

La codependencia no se limita a sus relaciones, sino que está vinculada a todas las áreas de la vida. Aunque no está completamente separado de cómo se planteó uno, los comportamientos actuales tienen mucho impacto en la dinámica de codependencia.

Cosas tales como ser adicto a una sustancia, abusar o estar en el extremo receptor del abuso, la crianza poco saludable y el cuidado pueden desencadenar o exacerbar la codependencia.

Para comprender cómo cada uno de estos elementos afecta a la codependencia, es importante aislarlos y examinar cada uno de ellos por separado:

Adicción

La codependencia podría ocurrir cuando uno de los socios tiene algún tipo de adicción. Esta adicción puede ser de abuso de sustancias, relaciones, trabajo, compras, sexo, comida o juegos de azar. En tal caso, la otra pareja se convierte en un cuidador de la pareja adicta. El cuidador maneja todas las tareas del hogar, así como las finanzas.

Además, si la adicción causa problemas fuera de la relación, el cuidador cubre a la pareja adicta. Por ejemplo, si la pareja tiene adicción al alcohol, podría omitir el trabajo. Entonces, el socio

dependiente podría llamar al jefe de su pareja y decirles que su pareja no se siente bien.
El cuidador ayuda a la pareja sólo para salvarlos. Sin embargo, debido a estos repetidos intentos de rescate, la otra pareja continúa con su adicción, ya que saben que su pareja los salvará de las consecuencias de su adicción. Esto los hace perder la motivación para cambiar o buscar ayuda profesional, exacerbando así la adicción. Avanzan en el camino destructivo y se vuelven más dependientes del cuidador.
Sin embargo, el cuidador no es responsable de la adicción de su pareja. A pesar de que su comportamiento dependiente podría contribuir a que la pareja adicta se niegue al tratamiento, no es la única causa de ello. Una persona no puede obligar a otra persona a ir a un centro de rehabilitación.
Este tipo de relación también puede dañar al cuidador. El socio dependiente ignora sus requisitos y deseos de cuidar de su pareja. Y estos hábitos de codependencia pueden agravarse con el tiempo. Además, es posible que el cuidador no reciba tratamiento para sus problemas de salud mental.

Abuso

La codependencia también podría desarrollarse al estar en una relación abusiva o vivir en un hogar abusivo. El abuso puede ser sexual, emocional o físico. El abuso emocional podría hacer que las personas se sientan insignificantes y triviales.

Para compensar estos sentimientos, el comportamiento de codependent comienza a crecer. Una persona podría asumir el papel de cuidador de una persona que tiene alguna adicción a sentirse deseada, o, es posible que desee recibir elogios atendiendo las necesidades de los demás e ignorando sus requisitos.

Salvar a los demás hace que el cuidador se sienta importante y empoderado. La persona dependiente podría sentirse responsable de la persona abusiva. En caso de que el problema de salud mental de la persona abusiva no sea tratado, la persona dependiente podría pensar que su amor y cuidado los curarán. Sin embargo, los problemas de salud mental no pueden ser curados sólo por el amor; requieren tratamiento profesional y cuidado.

Las personas en hogares de codependent podrían sentir que están salvando a su familia al no reportar la condición mental y mantenerla privada. Sin embargo, esto podría empeorar la salud mental de la persona abusiva y, por lo tanto, causar daño a otros miembros de la familia que viven en la casa.

Además, al no denunciar abuso doméstico, usted ayuda a la persona que comete el delito, lo que conduce a consecuencias legales.

Ccrianza

Los padres dependientes tratan de vivir a través de sus hijos. Algunos de ellos protegen a sus hijos de todas las adversidades en la vida, y otros controlan a sus hijos para que puedan crecer y cumplir la definición de éxito de sus padres. Esto podría conducir a un comportamiento de codependencia en estos niños.

Cuando se le permite al niño tomar sus propias decisiones, hacer sus planes y explorar el mundo, se independizan. Sin embargo, cuando los padres toman todas las decisiones en nombre de su hijo, el niño podría descuidar sus requisitos. Además, esos niños podrían buscar la aprobación para todo lo que hagan y poner esta aprobación por encima de sus deseos.

Esto puede hacer que el código secundario sea independiente durante varios años. Estos chicos no serían capaces de tomar sus propias decisiones y carecerían de confianza. Por lo tanto, estos niños podrían buscar relaciones donde la otra pareja tome el control y mantenga el poder. Este ciclo de codependencia podría seguir durante otra generación si no se trata.

Cuidado

Los cuidadores tratan a sus seres queridos a lo largo de su vida debido a una discapacidad, o una dolencia física o mental crónica. Por ejemplo, pueden ayudarlos diariamente a bañarse o moverse de un lugar a otro. Ponen toda su energía y atención en la persona adicta o enferma, mientras sacrifican sus propias necesidades.

El cuidador asume el papel de mártir y se convierte en un benefactor de un enfermo. Estas personas ponen la seguridad, el bienestar y la salud de la otra persona por encima de los suyos y, por lo tanto, ignoran sus deseos, necesidades y sentido de sí mismos.

Padres dependientes: Consecuencias para los niños

Tal vez una de las relaciones más devastadoras en las que se produce el comportamiento de codependent es entre los padres y sus hijos. Lo que hace que este tipo de relación sea tan devastadora es que los niños involucrados no tienen la edad suficiente para reconocer que las cosas no son como deberían ser. En cambio, se están desarrollando y creciendo como individuos, confiando en su entorno para enseñarles valiosas lecciones de vida.

Puede ser difícil identificar comportamientos de codependent dentro de una relación padre/hijo debido a la naturaleza diferente de la dinámica de relación. Por ejemplo, mientras que el ejercicio del control sobre una persona se puede ver como codependent en la mayoría de las relaciones, es bastante normal en una relación padre/hijo. Después de todo, si un padre no ejerció control sobre ciertas cosas, las consecuencias podrían ser desastrosas. Dejar el menú de la cena a los caprichos de un niño de cinco años sin duda resultaría en pizza y helado siete días a la semana, con galletas como aperitivos. Posteriormente, tomar decisiones con respecto a las opciones de menú está bien dentro del ámbito de un padre en las relaciones más saludables. Por lo tanto, algunos de los síntomas comunes de codependencia no se pueden confiar en identificar el comportamiento disfuncional en este tipo de relación. Afortunadamente, muchos otros síntomas pueden ayudar a revelar cuándo una relación padre/hijo se encuentra dentro del ámbito de la codependencia.

Si bien este comportamiento es lo suficientemente peligroso en cualquier relación, lo que lo hace aún peor en una relación padre/hijo es que puede hacer que el niño siempre se sienta responsable cuando las cosas van mal. Incluso si no tuvieran nada que ver con las decisiones tomadas, y mucho menos con el resultado que esas decisiones provocaron, se puede hacer que un hijo de un padre dependiente se sienta culpable en cualquier momento que las cosas no vayan de acuerdo con el plan. Otro resultado perjudicial de este comportamiento es que puede enseñar a un niño a negar la responsabilidad de sus propios errores y deficiencias, lo que les hace ser irresponsables en la vida. Una vez más, aquí es donde el comportamiento de codependent se puede perpetuar una generación tras otra debido a que a los niños se les enseñan cualidades codependentes.

Otro síntoma común de una relación dependiente entre padres e hijos es la vida vicaria. Mientras que algunos niños se rebelan contra los padres que tratan de controlar sus vidas hasta este punto, la libertad que logran no viene sin un precio. Más a menudo que no los padres dependientes harán que sus hijos se sientan culpables por no vivir la vida que sus padres imaginan. Los padres dependientes pueden llegar tan lejos como repudiar a un niño por no seguir el camino de los padres para que lo sigan. En contraste, en una sana relación padre/hijo veremos a los padres ayudar a sus hijos a descubrir y perseguir sus sueños, estar siempre presentes para ofrecer apoyo cuando esos sueños se estrellan, o compartir la gloria para cuando esos sueños se conviertan en una realidad. Por lo tanto, cualquier relación entre padres e hijos que no vea a los padres apoyando los sueños y ambiciones de sus hijos suele ser dependiente hasta cierto punto.

Por último, existe el síntoma de un vínculo entre hijos y padres que viene en forma de que el niño esté obligado a los padres. Casi todos los padres tienen que hacer algún tipo de sacrificio en sus vidas para proveer para sus familias. Esa es la naturaleza misma de ser padre en primer lugar. Trabajar más horas, comprar un auto más barato y usar ropa extra son parte integral de ser padre. El dinero ahorrado haciendo esos sacrificios puede poner más comida sobre la mesa, proporcionar a la familia un mejor hogar, o incluso pagar por la educación universitaria de un niño. Mientras que la mayoría de los padres hacen tales sacrificios para hacerlo voluntariamente y sin recompensa en mente, los de naturaleza dependiente son algo menos generosos. Los padres dependientes utilizarán constantemente los sacrificios que han hecho para ganar influencia con sus hijos, ganando así más control o aún más simpatía como resultado. Estos padres siempre les dirán a sus hijos cuánto les deben por sus esfuerzos y sacrificios, dejando a un hijo promedio sentirse culpable e incluso apegado al padre. Esto es nada menos que una manipulación emocional, y es una de las peores formas de comportamiento dependiente en una relación padre/hijo. El resultado es que el niño promete lealtad eterna y servidumbre a los padres, o a menudo resultando en el escenario vicario descrito anteriormente. El niño se vuelve resentido por sentirse culpable por el precio que su vida ha tenido en sus padres. En cualquier caso, este tratamiento daña significativamente al niño, robándole la vida normal y feliz que se merecen. Sin embargo, en el caso del resentimiento, también destruye la relación entre los padres y el niño, lo que en última instancia resulta en arruinar todas las vidas involucradas. Esta es la razón por la que es vital identificar las relaciones entre padres y hijos de codependent tan pronto como sea posible y tratar de prevenir la destrucción de por vida que tales relaciones pueden causar.

Capítulo 2: Personalidades dependientes

Uno de los mayores problemas con el comportamiento de codependent es que muchas personas no reconocen las diversas formas que pueden tomar. El hecho de que el término "codependent" sea un solo término que no significa que solo tenga una cara. En cambio, es un poco como un helado. A pesar de que el helado es un tipo de alimento viene en muchos, muchos sabores. Lo mismo se puede decir de la codependencia. A pesar de ser una condición, puede venir en muchas, muchas formas. Por lo tanto, debe aprender las diferentes caras del comportamiento de codependent para reconocer los signos de que está en una relación de codependent:

Comportamientos abusivos

El tipo más extremo de comportamiento de codependent es el comportamiento abusivo. Esta es la categoría con la que la mayoría de las personas ya están familiarizadas, por lo que es la que asocian fácilmente con las relaciones de codependent. De los diferentes tipos de abuso, el abuso físico es uno de los más extremos, y afortunadamente, uno de los menos comunes. Más a menudo que no los tipos de relaciones afectadas por el abuso físico son las relaciones entre padres e hijos y las relaciones marido/mujer. Cualquier tipo de amistad rara vez sufre abuso físico, especialmente en el grado de lo que se necesita para constituir una relación dependiente.

En el caso de la relación padre/hijo, el abuso físico a menudo viene en forma de castigo. Un padre golpeará a su hijo como una forma de reprimenda por un acto que se considera incorrecto e indeseable. Muchas personas han castigado físicamente a sus hijos de vez en cuando, especialmente cuando el niño hace algo peligroso que hace que el padre reaccione emocionalmente. Sin embargo, abofetear la mano de un niño o incluso darles un golpe en la espalda no constituye un abuso físico como tal. En cambio, el abuso físico es cuando el padre golpea a su hijo sin descanso.

Además, el uso de implementos como cinturones de cuero, cucharas de madera o similares también apunta al abuso. Usted no necesita utilizar un cinturón para conseguir el punto a través, por lo tanto, tal acto es extremo, lo que indica una causa raíz más profunda, más siniestra. Golpear a un niño a menudo se hace para obtener control sobre su comportamiento, que es donde entra en juego la naturaleza dependiente del acto. Cada vez que una persona intenta controlar los pensamientos, sentimientos o acciones de otra persona, está participando en un comportamiento de codependent.

Es esta necesidad de control lo que induce a las personas a abusar de su cónyuge físicamente también. Cada vez que una persona golpea a su cónyuge, se hace para someter a la otra persona, física y emocionalmente, y psicológicamente. Un cónyuge no requiere el mismo tipo de reprimenda que un niño pequeño podría necesitar. En cambio, cualquier diferencia de opinión o error se puede resolver a través de una conversación adulta, en la que ambas partes presentan su punto de vista. Cuando una persona vence a la otra para ganar supremacía es una clara señal de comportamiento de codependent.

El abuso puede venir en muchas formas, no sólo los golpes físicos con los que la mayoría de la gente asocia el término. Una de esas formas alternativas es el abuso emocional. Cada vez que una persona actúa de una manera para hacerte sentir culpable por algo que dijiste o hiciste, están demostrando un comportamiento dependiente. La conclusión es que nadie debería esforzarse nunca por hacer que una persona se sienta culpable por nada. Incluso si la otra persona hizo algo malo, aumentar la culpa que sienten por ese acto es nada menos que abuso emocional. En esencia, el abuso emocional es cuando una persona hace que otra persona sufra dentro. Esto también puede tomar la forma de inducir el miedo. Alguien que incurra en abuso físico puede usar el miedo a una paliza para obtener el control sobre un hijo o cónyuge. Por lo tanto, cada vez que una persona intenta controlar las acciones o la mentalidad de otra persona induciendo emociones negativas dentro de ellas, está practicando el comportamiento de codependent.

Por último, hay una forma de abuso que es psicológica. Esta es la forma más elaborada, ya que requiere una gran cantidad de pensamiento y planificación para lograr. Por lo tanto, a pesar de que el abuso psicológico puede no ser visto como dañino como el abuso físico, es igual de devastador, y la persona que lo comete es tan peligroso. La forma más común de abuso psicológico es la de atacar la autoestima de una persona. Esto puede tomar la forma de atacar el aspecto de una persona, llamándolos gordos, feos, flacos o cualquier otro término despectivo que los haga sentir inferiores a los demás. También puede tomar la forma de atacar las habilidades de una persona, como su intelecto, memoria o capacidad para realizar ciertas tareas. El objetivo general es socavar la autoestima de una persona para ganar y mantener el control sobre ellos. Cada vez que esto sucede es un signo seguro de comportamiento de codependent.

Comportamientos de baja autoestima

Los comportamientos de codependent también pueden provenir del lado de la víctima de una relación dependiente. En estos casos, los comportamientos no son abusivos, sino que son subordinados tanto en forma como en propósito. Después de todo, codependencia es una calle bidireccional, que requiere un taker y un dador. Por lo tanto, es tan común para los dadores practicar comportamientos de codependent en todas sus relaciones como lo es para los que toman hacer lo mismo. Aunque los comportamientos practicados por los que dan son más seguros y aún más beneficiosos en apariencia son, sin embargo, igual de disfuncionales. Necesitan ser corregidos tanto como los comportamientos demostrados por los que toman.

Más a menudo que no los comportamientos demostrados por los dadores vienen en forma de comportamientos de baja autoestima. Un ejemplo de ello es la necesidad de complacer a otras personas. Una vez más, este comportamiento en sí mismo no es necesariamente algo malo. Después de todo, cualquier buen amigo querrá asegurarse de que sus amigos sean felices y atendidos. Sin embargo, es la naturaleza extrema del comportamiento lo que apunta a la codependencia. Querer complacer a la gente de vez en cuando está bien, pero tener que complacer a todo el mundo todo el tiempo es otra cosa por completo. Sin embargo, esta es la naturaleza del comportamiento de codependent como lo demuestran los dadores. Cada vez que ves a alguien tratando infinitamente de complacer a todos a su alrededor sabes que son un dador, por lo que necesitan ayuda. Lo mismo se aplica si te encuentras sintiendo la necesidad de complacer siempre a todos a tu alrededor todo el tiempo.

Este comportamiento se puede llevar al siguiente nivel en casos más extremos donde el dador siente la necesidad de complacer a todos y solucionar los problemas en la vida de todos los demás. La necesidad compulsiva de solucionar los problemas de otras personas es un signo clásico del comportamiento de codependent del dador. Una vez más, cualquier buen amigo querrá ofrecer consejos cuando alguien está teniendo problemas en la vida, sin embargo, una persona codependent no sólo proporcionará consejos, que querrá intervenir y salvar el día. Esta necesidad de arreglar la vida de otras personas es peligrosa, ya que no sólo crea estrés indebido en el dador, sino que también crea un estrés excesivo en aquellos cuyas vidas están tratando de arreglar. Más a menudo que no el dador intentará intervenir y hacerse cargo, sintiendo como si sus esfuerzos son normales y el resultado justificará los medios. Esto puede resultar en que sean prepotentes, lo que puede enmascarar la identidad de un dador, ya que los dadores suelen ser subordinados y pasivos. Sin embargo, esta tendencia servil puede hacer que los que dan extremo se ejerzan de una manera audaz y dominante, una que es prepotente e intrusiva para aquellos a quienes están tratando de ayudar.

A veces, el dador puede demostrar un comportamiento más egoísta y, por lo tanto, menos obvio en términos de ser dependiente. Un ejemplo de esto es el comportamiento de codependent de overachieving. Muchas personas tienen una racha competitiva y se esforzarán por ser las mejores en lo que estén haciendo. Sin embargo, tales acciones suelen ser bastante inofensivas, lo que refleja un espíritu competitivo de buen corazón y nada más. Los dadores llevan esto a otro nivel, esforzándose por ser los mejores a toda costa. Una razón es compensar la baja autoestima que sufren debido a ser abusados por uno o más que toman en su vida. Otra razón, sin embargo, es ser el mejor para servir mejor a los demás y hacer felices a todos los demás. De cualquier manera, los esfuerzos de un dador cuando se trata de ser el mejor serán extremos, incesantes y potencialmente destructivos, tanto para ellos como para todos los demás involucrados. Su necesidad de ser los mejores los consumirá, nublando así su juicio y haciendo que se comporten de manera impredecible. Si usted o alguien cercano a usted es impulsado a ser el mejor a toda costa, probablemente apunta a tendencias codependent.

Comportamiento de negación

El tercer tipo de comportamiento de codependent es lo que se conoce como comportamientos de denegación. Aquí es donde el individuo no puede aceptar la realidad de una situación, y, por lo tanto, reescribe la realidad para adaptarse a sus necesidades. Este comportamiento puede ser demostrado tanto por el dador como por el que toma una relación de dependiente. La principal diferencia entre los dos es que el taker reescribe la realidad para hacerse ver mejor, mientras que el dador reescribe la realidad para hacer que los demás se vean mejor. En cualquier caso, el comportamiento central es negar lo que es real y reemplazarlo con algo que el individuo encuentra más deseable.

Tal vez el comportamiento más común de la negación es el de la negación misma. En el caso de los que toman, esto viene en forma de negar su responsabilidad cada vez que algo sale mal.

Incluso cuando todos los hechos son descaradamente obvios y apuntan a que el que toma es el único responsable de una situación, negarán que ellos son los culpables de cualquier manera, forma o forma. Esta negación a menudo se puede ver cuando un que toma pierde su trabajo. Incluso si son despedidos por mal desempeño, rompiendo la política, o alguna otra razón que es su culpa sola, negarán los hechos y culparán a otra cosa por completo. Pueden optar por culpar a la economía, afirmando que su empresa estaba disminuyendo, pero optaron por despedirlos para evitar pagar el desempleo. Peor aún, pueden aceptar que su desempeño fue el culpable, pero culparán a su vida en casa por su pobre desempeño, trasladando así la culpa a otra persona, como un cónyuge o un padre. En cualquier caso, nunca permitirán que la culpa caiga directamente sobre sus hombros. En su lugar, negarán su papel en cualquier cosa que salga mal, no importa cuán obvio sea ese papel.

Capítulo 3: Espectro de codependencia

Tipos de relaciones dependientes

Como usted sabe, codependencia fue utilizado originalmente como un término que describía a individuos que compartían relaciones cercanas con alcohólicos, a menudo hasta el punto de interferencia en la capacidad de un alcohólico o adicto para recuperarse. Sin embargo, la codependencia se ha convertido en un rasgo común que ocurre en tres tipos diferentes de relaciones: las que involucran adicciones, las que involucran abusos y las que involucran un "miedo al hombre".

La codependencia también puede surgir en una relación anterior y continuar en relaciones futuras cuando la pareja de codependent no se ha recuperado completamente entre relaciones. Como resultado, la relación está exhibiendo codependencia, pero puede que no necesariamente lo esté haciendo en una circunstancia obvia de adicción, abuso o miedo del hombre. Sin embargo, aquellos en la relación todavía estarán experimentando una dinámica disfuncional diseñada para fomentar y apoyar los comportamientos del individuo dependiente.

Relaciones que involucran adicción

En las relaciones que involucran adicción, surge una dinámica que involucra sentimientos de infidelidad. Aunque la pareja adicta puede no estar participando en relaciones íntimas inapropiadas con otras personas, su afecto principal se concede a alguien que no sea su pareja. Lo que termina sucediendo es que este compañero miente, amenaza, suplica, silencia y traiciona a su pareja una y otra vez, causando sentimientos de desconfianza y miedo en la otra persona. Como resultado, la pareja que está recibiendo maltrato del adicto puede desarrollar codependencia. Continúan tratando de que sus necesidades sean satisfechas dentro de la relación por alguien incapaz de satisfacer esas necesidades.

A menudo, individuos dependientes involucrados en relaciones con un adicto utilizarán codependencia para acomodarse a los "otros" que existe en la relación, en este caso, las drogas, para tratar de mantener algún tipo de orden en la relación. Con el tiempo, esta capacidad de acomodarse a la sustancia que está siendo abusada se vuelve cada vez más insalubre y resulta en codependencia.

Relaciones que implican abuso

En las relaciones que implican abuso, un desequilibrio de poder da lugar a comportamientos de codependent que surgen en la relación. En estas circunstancias, el abuso se hace a menudo de una manera intermitente que crea la ilusión de que no es realmente un problema importante. La persona dependiente también puede experimentar gaslighting para presionarlos a creer que la pareja abusiva no era culpable y que fue culpa de la pareja dependiente que el encuentro ocurrió. Un ejemplo común y muy realista de esto es la dinámica entre narcisistas e individuos que se convierten en codependent.` En estas relaciones, a menudo individuos perfectamente sanos y capaces se convierten en codependent debido a la manipulación y el abuso psicológico.

Cuando el abuso sigue creciendo, la pareja dependida se enfrenta a muchos problemas que resultan en su codependencia en el futuro y la creación de problemas en sus vidas. Por ejemplo, los comportamientos abusivos los llevan a sentirse avergonzados y, con frecuencia, aislarse de quienes los rodean por temor a ser vistos como débiles, o peor aún, merecedores del abuso por permanecer tanto tiempo. El abuso también puede llevar a los codependentes a lidiar con la búsqueda de maneras de minimizar o justificar el abuso, permaneciendo así en una relación poco saludable aún más tiempo. Al final, una pareja dependiente en una relación abusiva a menudo se quedará porque temen que no puedan abandonar la relación de forma segura e incluso si pudieran, no habría a dónde ni nada a lo que ir.

Relaciones que implican un "miedo al hombre"

En algunos casos, una persona se plantea para temer lo que la sociedad pensará de ellos y cómo otros los percibirán para que nunca aprendan efectivamente a valorar sus propias opiniones y creencias. En estos casos, el miedo personal de un individuo a la sociedad y ser rechazado o abandonado puede llevarlo a entrar en relaciones donde ya tienen comportamientos clave antes de que comience la relación, como relaciones con personas disfuncionales o de bajo funcionamiento, o entrar en relaciones que de otra manera habrían sido saludables, pero luego sabotearlas para que se ajustaran a sus ideas o expectativas.

En su mayor parte, esta codependencia surge de un sistema de creencias internas que está trabajando contra el individuo como una forma ineficaz de protegerlo de los peligros del mundo que los rodea. Terminan convirtiéndose en dependientes en la otra persona porque sienten que esta es la única persona que está a salvo para ellos y que el resto de la sociedad no estará allí para ellos. Por lo tanto, se aferran a esta persona para sentirse segura y tener sus necesidades satisfechas porque realmente creen que el resto de la sociedad no ayudará a que esto suceda.

El impacto negativo de la codependencia para ambas partes

La codependencia puede afectar negativamente a todos los involucrados y a veces incluso puede resultar en individuos que no están involucrados en la relación que se ve afectada también. Un estudio realizado en el Universito College de Dublín en 1999 por James Cullen y Alan Carr reveló las principales deficiencias e inconvenientes en las relaciones dependientes que afectan a ambas partes.

Las áreas de las relaciones afectadas por la codependencia involucraban roles, expresión afectiva, comunicación, control, participación emocional y valores y normas. También se observó que un gran porcentaje de individuos en relaciones altamente dependientes estaban en una relación que involucraba a un adicto, probablemente empeorando aún más el caso de codependencia.

No es de extrañar, encontraron que la causa principal del sufrimiento para las personas en las relaciones codependentes era que eran incapaces de sentirse independientes unos de otros, especialmente en las relaciones que implicaban adicción. Como resultado, la pareja de codependent constantemente trata de que sus necesidades sean satisfechas por alguien que no puede satisfacerlas, a menudo encontrándose tratando de moldearse a sí mismos y a la otra persona en lo que sienten que es necesario para que sus necesidades sean satisfechas.

La pareja que no es dependiente también sufre porque ellos, también, no se ven a sí mismos como independientes, y a menudo se aprovechan de la pareja dependiente para evitar tener que hacer cosas por sí mismos. En su lugar, pueden dejarlo en contra del socio dependiente que hará cualquier cosa para complacerlos, lo que les permite salir de un papel de

responsabilidad y sentirse justificados al pasar tanto la responsabilidad como la culpa al socio dependiente.
El otro hallazgo significativo del estudio fue que la dinámica poco saludable de la relación es a menudo reconocida por una o ambas parejas. Ambos suelen identificar múltiples efectos secundarios negativos que experimentan como resultado de la relación. Sin embargo, estas dinámicas poco saludables a menudo conducen a una menor autoestima y problemas psicológicos (como ansiedad y depresión) que llevan a una o ambas parejas a sentirse atrapadas en la relación y como si no hubiera ningún otro lugar al que ir. Sentir que no hay salida los deja atrapados en esta dinámica insalubre donde el ciclo continúa a medida que ambas partes continúan sintiéndose peor consigo mismas y luchan por mejorar sus vidas de cualquier manera significativa.

Adicción y codependencia

Supongamos que la adicción está en juego en la relación en la que está experimentando codependencia. En ese caso, lo más probable es que te preguntes exactamente cómo entra en juego y cómo resulta en el desarrollo de codependencia en la pareja no adicta. Desde que se descubrió originalmente la codependencia en Alcohólicos Anónimos, la mayoría de los recursos continúan vinculando la codependencia estrechamente con las adicciones y las personas involucradas en relaciones con adictos.

Como se cita en el estudio realizado por Cullen y Carr, es importante darse cuenta de que sólo porque las adicciones están presentes en una relación, no garantiza que un individuo está experimentando o experimentará codependencia. Por el contrario, no significa que cada relación dependiente tenga adicción en el centro de la misma. Sin embargo, hay muchas maneras en que la adicción puede fomentar el desarrollo de la codependencia y usted debe entender tanto cómo como por qué.

A lo largo de los años, los psicólogos han acordado mutuamente que la codependencia y la adicción probablemente están vinculadas porque el adicto tiene dificultades para participar en un estilo de vida saludable y normal y el dependido se siente obligado a cuidar de ellos. Esto lleva al dependiente a compensar en exceso en el cuidado y hacer más por el adicto de lo que es razonable, a menudo para tratar de mantener una sensación de calma en la relación.

La codependencia a menudo comienza cuando un adicto comienza a mostrar problemas con el mantenimiento de un trabajo, ganar un ingreso decente, cultivar relaciones saludables, participar en comportamientos de alto riesgo o necesitar una fuente constante de apoyo emocional. Por lo general, un cónyuge, padre, hermano, amigo o incluso compañero de trabajo reconocerá estas necesidades y ofrecerá apoyo para sacar al adicto de una situación difícil y permitirle hacerlo mejor. Cuando el adicto recibe el apoyo, pero no logra hacer un cambio productivo con el apoyo, vuelve a esa persona que necesita apoyo adicional.

En muchos casos, el adicto se dará cuenta de que el individuo dependiente está dispuesto a ayudarlos. Explotarán esta generosidad y seguirán regresando, a veces, incluso intimidando al dependiente para que les ayude una y otra vez. El dependiente sigue ayudando, a pesar de su mejor juicio, y finalmente se siente como si no pudieran dejar de ayudar. No es raro que el codependent ayude de maneras que los lleven a perderse cosas en sus propias vidas, como otras relaciones, bienestar financiero, una carrera o cualquier otra cosa que pueda haber venido en su camino capacidad para apoyar al adicto.

Al final, sufren tremendamente y el adicto también. El dependiente termina asumiendo toda la responsabilidad de ambos individuos y se encuentra abrumado y sobrecargado, a menudo resentido con el adicto, pero sintiéndose demasiado culpable para hacer un cambio. También pueden sentirse avergonzados por la cantidad que han dado y perdido ante el adicto en el proceso de apoyarlos, potencialmente hasta el punto de evitar que busquen apoyo.

El adicto sufre porque no se les anima a asumir la responsabilidad de sus acciones, lo que en última instancia resulta en que permanezcan atrapados en sus comportamientos adictivos. Debido a que no tienen que asumir la responsabilidad y reconocer las consecuencias de sus acciones, los adictos se vuelven incapaces de hacer un cambio porque no sienten el impacto de sus adicciones y están siendo habilitados por el codependent. Como pueden ver, esta es una situación de pérdida-pérdida para ambas partes.

Capítulo 4: ¿Es usted dependiente?

Muchas personas descubren que están en un ciclo interminable de relaciones insalubres, a pesar de las buenas intenciones. Las luchas que he tenido en mi vida con mis relaciones son parte de por qué escribí este libro.

Como ahora sabemos, la definición tradicional de codependent tiene que ver con el mantenimiento, control y cuidado de las relaciones con personas que tienen una dependencia de una sustancia química o se involucran en malos comportamientos. El primer modelo de esto fue un marido alcohólico y su cónyuge.

McGovern y Dupont (1991) creían que la persona dependiente comparte la responsabilidad de las acciones insalubres de la otra persona, principalmente porque se centran en las acciones y crean una conexión entre su bienestar y cómo actúa la otra persona. Le Poire (1992) cree que las personas sanas nutren a la otra persona cuando actúan sobre comportamientos negativos. Esto es genial para la persona enferma, que sólo trabaja para reforzar su problema. En el libro de Beattie (1987), dice que la persona en la relación con más control es la poderosa y la otra persona se endeuda.

Hay un acuerdo tácito entre las personas en esta relación. La persona dependiente podría no ser tan pasiva o inocente como se desprende. Estas preguntas y signos le ayudarán a detectar relaciones de codependent:

1. ¿Te encuentras callado para evitar crear una discusión? Las personas dependientes quieren sentirse como si estuvieran

haciendo las cosas más fáciles para la otra persona. Si ocurre un argumento, eso significa que no han hecho su trabajo.

2. ¿Alguna vez te sientes como si estuvieras atrapado en tu relación o infravalorado? Se necesita mucha energía para ser dependiente y cuidar la vida de otra persona. Todo esto se hace bajo el pretexto de querer ayudar. Cuando una persona rechaza o ignora el consejo del codependent, hace que el codependent se sienta enojado, no apreciado y abusado.
3. ¿A menudo te preocupas por cómo te ve la gente? La felicidad del dependiente depende de otras personas. Si otros demuestran que no les gustan, entonces no les gustaré.
4. ¿A menudo encubres los problemas de tus familiares, amigos o pareja? Dado que los codependentes nunca se ocupan de sus sentimientos, descubren cómo mentirse a sí mismos sobre cómo se comporta una persona en su vida. Puesto que se sienten responsables de las acciones de la otra persona, lo racionalizarán o culparán a los demás, o se culparán a sí mismos, para mantenerse en control.
5. ¿Alguna vez descubres que te cuesta decirles que no cuando te piden algo? El dependiente teme al rechazo y al fracaso. En sus procesos de pensamiento envueltos, se sienten como si no fueran amados. A los codependentes les resulta muy difícil confiar en los demás fácilmente o compartir con ellos abiertamente porque temen estar expuestos.

6. ¿Alguna vez te encuentras haciendo sacrificios extremos para hacer feliz a otra persona sólo para que sientas que tienes un propósito? Los codependents siempre están dispuestos a ir más allá para hacer felices a los demás. Quieren obtener aprobación, amor o sentirse como si fueran aceptados y queridos. Si no pueden obtener esta aprobación, el codependent se siente como si fueran la víctima.
7. ¿Siente que es responsable de solucionar los problemas de los demás? Un dependiente se siente como si tuviera que resolver los problemas de los demás. Creen que la otra persona necesita su ayuda. Creen que la otra persona no puede tomar las mejores decisiones ni elegir el curso de acción adecuado para solucionar sus problemas.
8. ¿Te encuentras aconsejando a la gente si lo han pedido o no? Los codependents a menudo saltan a la oportunidad de proporcionar consejo a una persona. Pueden proporcionar a las personas una corriente interminable de buenos consejos sobre si otras personas piden su opinión o no.
9. ¿Esperas que otras personas hagan las cosas que dices? Cuando un codependent proporciona consejos, esperan que se siga ese consejo. Los codependents no pueden entender el concepto de límites.
10. ¿A menudo tomas esto muy personalmente? Dado que los codependents no tienen límites, cualquier comentario,

comentario o acción se refleja en ellos. Esto los hace sentir como si tuvieran que tener el control.

11. ¿Alguna vez sientes que eres una víctima? Todo lo que le sucede al codependent o a la otra persona se refleja en el código pendiente. Esto deja a la persona sintiéndose impotente y victimizada. No pueden entender su papel en la creación de su realidad.
12. ¿Alguna vez has tratado de usar la culpa, la vergüenza o la manipulación para controlar las acciones de los demás? Para salirse con la suya, los codependents actúan de una manera que obligará a otros a cumplir. Esto puede ser inconsciente o consciente. Dado que la forma en que una persona reacciona refleja el codependent, es extremadamente importante que el codependent se sienta como si estuviera en control total.
13. No es tan sorprendente cuando los codependents recurren a conductas adictivas para ayudarles a trabajar a través de sus sentimientos no resueltos. Recurren a cosas como alcohol, drogas o alimentos para ayudar a controlar sus emociones o optarán por participar en acciones que se consideran riesgosas. Cuando esto comienza a suceder, pueden terminar perdiendo fácilmente el control. Esto hará que su adicción y codependencia empeoren. Su bienestar mental y físico es imposible de alcanzar. La única manera de arreglar esto es pasar por rehabilitación.

Capítulo 5: ¿Por qué no debe ser dependiente?

¿Por qué es tan peligrosa la codependencia? ¿Por qué me comprometí a producir este libro para ayudarte a deshacer te de tu codependencia? ¿Por qué deberías ser más consciente y siempre vigilante de tus relaciones con otras personas y asegurarte de no asfixiarte para complacerlas? ¿Por qué deberías aprender a ser interdependiente con tu pareja o parientes en lugar de ser dependiente con ellos?

Sí, tiene que haber algún tipo de dependencia en las relaciones. Todos tenemos que sacar algo de comodidad y fuerza de nuestras relaciones, pero la codependencia como patrón de estilo de vida lleva la dependencia a nuevas alturas. La interdependencia, donde ambos socios dependen el uno del otro, pero todavía dejan suficiente espacio el uno para el otro para crecer y prosperar, debe ser el objetivo para cada relación. Construir tu felicidad sobre la necesidad de ser necesario es una receta para una vida frustrada y subproductiva plagada de incomodidad, angustias, descansos, satisfacción reducida e inquietud general en la mente. ¿Cuáles son los peligros más específicos a los que puede exponerse ser dependiente?

- **Elimina la confianza y la estima:** Codependencia camina de la mano con baja autoestima. ¡Rasca eso!!! Codependencia camina abrazando fuertemente la baja estima. La mayoría de los individuos dependientes no tienen idea de su autoestima. Olvidan sus derechos y necesidades. Mantienen sus prioridades en el quemador trasero y abrazan los problemas de sus parejas dependientes. Se centran en la construcción de sus dependientes y descuidan por completo su desarrollo. Frente a las "malas acciones" y luchas de su pareja, olvidan su estima y se vuelven muy bajos en confianza. Cada acción que toman se prejuzga en función de asegurarse de que se ajusta a lo que la gente espera. Carente de confianza real y personal, se desarrollan muchos otros problemas y complicaciones.

- **Hace que sea más difícil obtener verdadera alegría y felicidad:** Codependencia redefine todo el concepto de felicidad y verdadera alegría. Realinea el funcionamiento de toda tu mente y te da las nociones equivocadas de felicidad. Te pide que vincules tu felicidad a la comodidad total de tu pareja. Dado el hecho de que los socios de la mayoría de las personas dependientes están sufriendo de un rasgo, adicción, desorden u otros, se vuelve fundamentalmente imposible para ellos disfrutar de la verdadera felicidad. Sólo se sienten dignos cuando pueden ayudar y recibir adulaciones y alabanzas. Viven por estos elogios lanzados a su manera. Sin embargo, los sentimientos de dignidad y felicidad son huecos. En el fondo, sufren de ser privados de la verdadera alegría que viene con las grandes relaciones. Con el tiempo, esto puede conducir a un conflicto de emociones y un estado emocional inestable.
- **Subyuga tus deseos y deseos:** Todo el mundo tiene el mismo derecho a ser amado, a hacer las cosas que quiere hacer y a

perseguir los sueños que quiere. Pero la codependencia cambia todo esto. Codependencia le indica que permita las necesidades de su pareja para reemplazar sus intereses en todo momento. Te conviertes en nada más que un cuidador. No prestas atención a tus sueños. La mayoría de la gente los descarta en favor de un esfuerzo ingrata. Lo peor de todo es que siempre eres consciente de que descuidas tu propia vida, pero permaneces indefenso para actuar.

- **Te prepara para el desgarro constante:** Como todos los cuidadores saben, es un camino lleno de baches de decepciones. A pesar de sus mejores esfuerzos, pueden ir sin recompensa, ni siquiera el perfumado "gracias". Usted puede esforzarse duro, pero aún así, encontrar a su pareja indiferente. Tratar de cuidar de una pareja abusiva no te hace inmune o seguro del abuso. En algunos casos, puede parecer en realidad galvanizarlos para actuar de una manera peor. Ser dependiente es hacer las paces porque recibirás mucha decepción y angustia dolorosa.
- **Aleja tu salud:** La salud mental óptima es tan importante como la salud física, pero la codependencia te priva de ambos. Tener que recoger toda la carga de las necesidades de otras personas sobrecarga la capacidad de tu cuerpo para hacer frente a la presión mental y emocional. Te mantiene al límite en todo momento y promueve el desarrollo de ciertas

complicaciones en tu salud mental. El estrés, la ansiedad y la depresión son solo tres de las complicaciones mentales más comunes que depender tanto de la codependencia puede darte. El estrés va a estar presente en todo momento. Además de los esfuerzos físicos de catering y cuidado de un individuo dependiente, se enfrentará a un estrés mental extremo. Tu mente puede estar tan sobrecargada que gradualmente pierdes lo mejor de tu salud.

- **Te expone a hábitos peligrosos:** Especialmente cuando la persona sobre la que eres dependiente tiene un hábito peligroso, es posible que te expongas a los peligros de tomar los mismos hábitos. Una gran mayoría de los usuarios de abuso de sustancias son introducidos a ella por amigos cercanos, socios o asociados. Los malos hábitos en general se transmiten fácilmente de una parte en una relación con la otra. En la búsqueda de deshacerse de la adicción de tu pareja, es posible que te expongas a ciertos desencadenantes y situaciones que pueden maniobrarte en una posición de impotencia concebida. Usted puede perder la concentración y deslizarse en el mismo pozo del que está tratando de sacar a su pareja. Usted puede convertirse en un socio en sus malos hábitos y dejarse en una gran desventaja. Por supuesto, no te pido que no ayudes a la gente que te rodea a deshacerse de sus insuficiencias. ¡¡¡No!!! Sólo le pido que se asegure de que no está dependiente en ellos por su seguridad. Dos ciegos no pueden conducirse unos a otros a cruzar un camino.

- **No ayuda a tu pareja:** El mayor mito de todos para los codependents: "Sólo estoy haciendo todo lo posible para ayudar a mi pareja". Déjame reventar tu burbuja. Cuando la ayuda trasciende un cierto nivel y se convierte en codependencia, has dejado de ayudar a tu pareja en ese momento en particular. En lugar de gastar tus esfuerzos para ayudarlo, la ayuda que estás representando se ha visto comprometida por el hecho de que obtienes una patada sardónica de ayudarlos. Por lo tanto, la ayuda es tanto para usted como para ellos. Por lo tanto, ni siquiera desea que sus condiciones mejoren, ya que eso podría significar que su ayuda no es necesaria con tanta frecuencia como antes.

Capítulo 6: Autoestima y nuestra forma de pensar

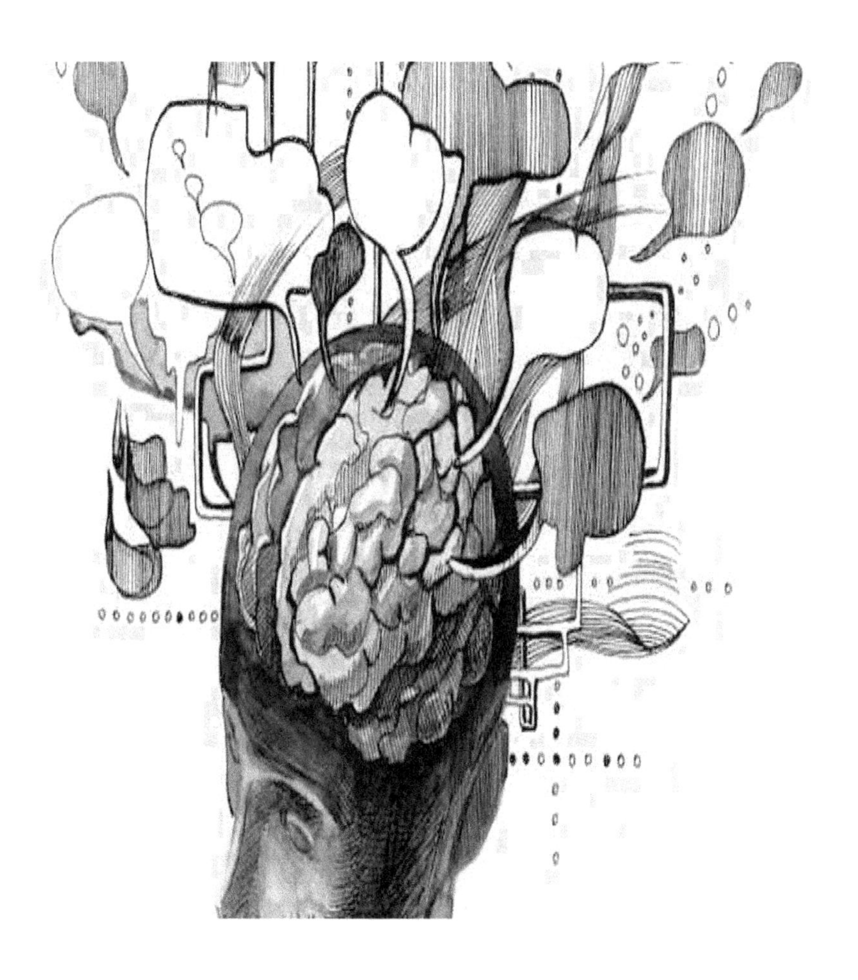

Muchas personas como tú se han encontrado con el término "autoestima". Aunque este término es bastante popular, muchos individuos no son conscientes de lo que es. A menudo se conoce como autoestima o autoestima. Es posible que estés muy emocionado de saber que la autoestima es, a veces, una parte esencial de tener éxito. De hecho, a menudo se dice que lograrás cualquier cosa sólo si crees en ti mismo. Eso no significa que sólo creer en ti mismo te llevará hacia el logro. Es una parte integral de tener éxito.

Si una persona tiene un nivel muy bajo de autoestima, entonces puede sentirse bastante deprimida o, a veces, derrotada. Muchas veces, la autoestima también lleva a una persona a tomar decisiones malas o equivocadas. Si una persona tiene un nivel reducido de autoestima, puede pasar por una relación destructiva o puede no tener éxito en vivir con todo su potencial. Un individuo que tiene un nivel muy alto de auto-importancia también puede dañar sus relaciones.

También puede ser un síntoma de la enfermedad de la salud mental, que puede caracterizarse por admiración extrema y compasión o comprensión hacia otras personas. Tener autoestima en los extremos más bajos o más altos puede resultar perjudicial. Por lo tanto, siempre es mejor poseer un nivel equilibrado que está justo en el medio. Si usted tiene una visión realista, así como una visión positiva o perspectiva sobre usted mismo, entonces por lo general se considera ideal. Aquí conocerás muchos hechos sobre este término popular como lo que es la autoestima, de dónde viene, su influencia en la vida de una persona, formas de mejorarla, su relación con la codependencia, etc.

¿Qué es la autoestima?

El término "autoestima" es un tema candente en el mundo de la psicología durante varias décadas. Según la psicología, la palabra autoestima se utiliza generalmente para describir el valor de un individuo o su sensibilidad hacia la autoestima. O al revés, incluso puede describirlo como la medición de cuánto aprecia y le gusta una persona. Incluye innumerables creencias sobre ti mismo como tu apariencia, emociones, comportamientos, creencias y mucho más. Tener fe y aceptarte a ti mismo a tu manera es un factor importante de felicidad, éxito, relaciones, etc. Por lo tanto, la autoestima le ayudará a vivir una vida muy floreciente.

Afecta no sólo a la forma en que piensas o sientes, sino también a cómo te comportas en varias situaciones. Cuando una persona tiene autoestima positiva, entonces posee respeto por sí misma y confianza. Es la razón fundamental detrás de mantenerse satisfecho contigo mismo y también con tus habilidades. Es algo estable o fijo y también duradero. Pero necesitas saber una cosa: que, aunque la autoestima es estable, pero puede fluctuar. La autoestima es a menudo vista como una característica de la personalidad de una persona. Puede desempeñar un papel esencial en la mejora de su motivación. Un nivel reducido de autoestima puede no permitirle tener éxito en la escuela o en su lugar de trabajo. Sucede sólo porque un individuo con tal nivel de autoestima no cree que pueda tener éxito. Por otro lado, una persona que posee autoestima positiva puede lograr cualquier cosa en la vida sólo porque puede ver la vida con una actitud asertiva y positiva. Tal persona también cree que seguramente será capaz de lograr sus ambiciones.

Es posible que te sorprenda saber que una sensación de baja o alta autoestima a menudo comienza en la infancia de una persona. Si la vida familiar de una persona está llena de desaprobación, podría desarrollar una baja autoestima. Otros factores como un lugar de trabajo disfuncional, un entorno escolar pobre o poco saludable también llevan a una persona a poseer un bajo nivel de autoestima. La autoestima de un individuo también puede ser alterada si pasa por una relación que no es saludable y fructífera. Aquí conocerás algunos de los signos que pueden ayudarte a entender o darte cuenta de si tú y tus allegados tienen autoestima sana o deteriorada.

Signos de autoestima saludable

La autoestima saludable hace que un individuo sea esperanzador y flexible sobre la vida. Entender si una persona tiene autoestima saludable o no es bastante fácil o simple. Lo más probable es que tengas un nivel saludable de autoestima si posees las siguientes características dentro de ti mismo:

- Siéntase confiado en casi todas las formas de situaciones.
- Son conscientes de la disparidad entre la arrogancia y la confianza.
- Son capaces de expresar sus requisitos libremente.
- Di "no" a las cosas que no son de tu elección.
- Evite vivir de cualquier tipo de experiencia negativa o pasada.
- Poseer una actitud extremadamente positiva hacia la vida.
- Son capaces de analizar las debilidades y fortalezas generales y aceptar en consecuencia.
- No temas el conflicto.
- No tienen miedo del fracaso.
- No busque aprobación ni trate de complacer innecesariamente a la gente.
- Tener la capacidad de establecer límites.
- No están dispuestos a ser "perfectos" todo el tiempo.
- No fuerce ni empuje a los demás.
- No temas la desgracia y ningún tipo de obstáculo o obstáculo.
- Tener autocompasión y respeto por sí mismo.
- Siéntase feliz por la buena fortuna de los demás.
- Posee una tendencia a acoger todo tipo de comentarios.
- Son muy eficientes en la consecución de objetivos.
- Están muy satisfechos y contentos en las relaciones.

- Ten un gusto por ti mismo.
- Mostrar integridad y honestidad.
- Están listos para aceptar tanto la atención como los elogios.

Signos de deterioro de la autoestima

La autoestima deteriorada o baja tiene impactos negativos en la capacidad de una persona para manejar las decepciones de sus vidas y adversidades. Si una persona tiene un bajo nivel de autoestima, entonces todas las relaciones, incluidas las profesionales y personales, se ven afectadas. Usted puede tener una sensación de inseguridad, empezar a compararse con los demás, y criticar y dudar de sí mismo. Tal individuo no reconoce su valía ni se respeta a sí mismo. Si una persona tiene un nivel disminuido de autoestima, podría sentirse asustada de probar cualquiera otra cosa en su vida.

Aquí hay una preselección de las características que una persona con un nivel más bajo de autoestima puede poseer. Si experimentas casi todos o algunos de estos problemas o características, necesitas darte cuenta y empezar a trabajar en ellos para un futuro mejor:

- Centrándote en tu debilidad.
- Luchando con confianza.
- Tener una actitud negativa hacia la vida.
- Se enfrentan a dificultades para decir "no".

- Prefiere satisfacer las necesidades de otras personas e ignorar las tuyas.
- Mantenga una fuerte creencia de que todos los demás individuos son mucho mejores que usted.
- Poseer un miedo muy fuerte a fracasar en la vida, ya sea en la carrera o en la relación personal.
- Experimentar ciertos sentimientos como depresión, vergüenza, ansiedad, etc. muy a menudo.
- Enfréntate a muchas dificultades para aceptar cualquier tipo de retroalimentación positiva.
- Tenga dificultades para expresar o revelar sus necesidades.
- Siempre tienden a estar de acuerdo con los demás y ocultar asuntos.
- Incapaz de tomar decisiones.
- No le gusta o evita llamar la atención.
- Siempre requiere la aprobación u orientación de los demás.
- Tiene la sensación de no tener importancia en la vida de otras personas.

Codependencia y autoestima

¿Estás entre esas personas que son dependientes? En caso afirmativo, entonces usted puede tener ciertos problemas relacionados con la autoestima. Ahora, muchos de ustedes podrían estar pensando en cuán deteriorada son las autoestimas y la codependencia entre sí. Si usted está teniendo autoestima saludable, definitivamente tendrá una conexión con su yo interior y el cuidado y el amor por sí mismo. Pero, si usted es dependiente, entonces su vida girará en torno a algunas otras personas, ya sea su compañero de vida, amigos, parientes o familiares. En tal caso, una persona pierde una conexión esencial consigo misma.

En lugar de mejorar la autoestima y cumplir con sus requisitos, una persona dependiente siempre se centra en cumplir con los requisitos de los demás. Una persona dependiente sigue pensando en cómo se sentirán otras personas en lugar de averiguar sus sentimientos. A menudo, un individuo de este tipo cuida de otras personas y no se preocupa por sí mismo. Eso significa que una persona necesita controlar a otras personas por sentirse bien. Conduce al dolor, así como a una autoestima baja o poco saludable. De esta manera, la autoestima y la codependencia están relacionadas entre sí. La autoestima de un individuo dependiente se crea o se basa en la forma en que otras personas los juzgan. Si siempre sigues preocupándote o pensando en lo que otros pensarán de ti, entonces tu autoestima no está mejorando. En lugar de desarrollar la autoestima y creer en ti mismo, seguramente estás sufriendo de nada más que codependencia.

Una persona dependiente no se siente adorable ni digna de ser importante para la vida de otra persona. Por lo tanto, tal persona hace hincapié en la aprobación de otras personas. En algunas situaciones, una persona que tiene codependencia también puede mentir sólo para obtener la aprobación de otros. La auto aceptación no es nada fácil para ti si tienes un bajo nivel de autoestima. Por lo tanto, cada vez que te desempeñas bien o haces algo que es apreciar, te sientes avergonzado después de obtener el reconocimiento necesario.

Para tener una autoestima positiva, un individuo necesita tener su propia identidad. Tal cosa comienza en los primeros días de la infancia de cada persona. El abandono y el rechazo no son en absoluto buenos para un niño que se está desarrollando. Si los padres siguen juzgando a un niño, los castiga por compartir pensamientos o secretos, y siguen tomando decisiones en nombre del niño, comenzarán a convertirse en dependientes. Además de ser codependent, tampoco serán capaces de desarrollar una autoestima fuerte y positiva sólo por experimentar la negación, reglas estrictas, etc. Cuando los cuidadores no pueden proporcionar aceptación, aliento, empatía, orientación adecuada y comodidad, una persona tenderá a tener autoestima negativa.

Capítulo 7: Poner fin a la relación dependiente

Desafortunadamente, puede que no siempre sea posible salvar una relación de codependent. No importa cuánto tiempo y esfuerzo pongas en el esfuerzo, la naturaleza dependiente de la otra persona puede ser demasiado grande para compensar. En tal situación, puede ser necesario tomar esa decisión definitiva y final para poner fin a la relación de codependent. Esta es una decisión que no se puede tomar a la ligera. En cambio, debe ser la última opción, la única que queda después de que todas las demás vías hayan sido juzgadas y probadas sin éxito. Después de todo, este tipo de decisión no se puede deshacer, especialmente cuando se trata de una persona dependiente. Más a menudo que no, una vez que le digas a una persona clave que tu relación ha terminado, te sacarán de su vida por completo, haciendo que la reconciliación sea casi imposible.

Dado que el acto de poner fin a una relación es de gran importancia e importancia, debes hacerlo de la mejor manera posible. Sólo entonces puedes asegurarte de reducir la cantidad de culpa y remordimiento que podrías sentir, tanto en las secuelas inmediatas como más tarde en el camino cuando has tenido tiempo de procesar tus pensamientos y emociones con más cuidado. Aquí presentaremos algunos de los elementos críticos necesarios para que este proceso sea lo más indoloro y positivo posible, proporcionándole así la oportunidad de crear la vida feliz y saludable que se merece sin causar ningún dolor y sufrimiento innecesarios a aquellos que elija dejar atrás.

Tomar la decisión

El primer paso para poner fin a una relación de codependent es tomar la decisión real de hacerlo. Una vez más, esta decisión cambia la vida, no sólo en términos de tu vida, sino también en términos de la vida de la otra persona. En el caso de una madre dependiente, este evento significará esencialmente que pierde a su hijo. Ya seas un hijo único o uno de varios hermanos, este será un evento que destrozará la vida de tu madre. Por lo tanto, esta decisión tiene que ser más que una reacción emocionalmente cargada, donde se sale de la casa con una maleta en la mano y la determinación de nunca volver. Tienes que tomarte un tiempo serio para hacer una búsqueda del alma igualmente seria. Tienes que decidir que poner fin a tu relación es vital, no sólo por tu felicidad, sino por tu propia supervivencia. Sólo entonces se puede justificar dar un paso tan grande, uno que afecta significativamente la vida de los demás de una manera tan potencialmente negativa.

Esta es otra área en la que mantener un diario puede ser de valor real. Un diario te permitirá registrar toda la forma en que has tratado de salvar tu relación, junto con cómo esas maneras no lograron tu objetivo. Con cada intento y fracaso, probablemente habrás ideado otras ideas para lograr un cambio positivo. Cuando esas ideas han fracasado, y la situación sigue yando de mal en peor, entonces usted tiene una razón legítima para considerar el acto final de poner fin a la relación de una vez por todas. Al ser capaz de ver sus esfuerzos y los resultados negativos que esos esfuerzos produjeron, puede asegurarse de que ha intentado todo lo posible para mejorar la situación. Esto ayudará mucho a reducir cualquier culpa que sientas por las consecuencias emocionales que provienen de poner fin a tu relación.

Además, se asegurará de que pruebe todas las rutas posibles antes de tomar esta decisión final. Al enumerar todos sus esfuerzos, puede presentar mejor su situación a alguien calificado para ayudarle en este asunto, como un consejero o un sacerdote. Cuando examinan los esfuerzos que ha hecho, pueden ser capaces de recomendar cosas que no había pensado, o pueden ser capaces de deducir un patrón entre sus esfuerzos y resultados que revela otro enfoque por completo, uno que podría producir los resultados deseados. La naturaleza extrema de la decisión de poner fin a cualquier relación, especialmente una entre una madre y un niño, significa que debe ser la última opción sobre la mesa. Sólo cuando se ha intentado cualquier otra solución posible debe considerarse, y mucho menos actuar. Sin embargo, una vez que toma la decisión, es una decisión con la que debe seguir. No puedes tener dudas sobre este evento. En cambio, debe tener la convicción absoluta de que esto es lo correcto. A continuación, y solo entonces, puede estar seguro de que finalizar la relación es un paso necesario en la recuperación del pasado de código.

Tener la charla

Una vez que haya decidido poner fin a la relación, el siguiente paso es sentarse con su madre y tener la charla proverbial, que explique su decisión y cómo afectará a sus vidas. Esta charla es quizás la más importante y potencialmente la más dolorosa que jamás hayas tenido; por lo tanto, usted debe hacer todo lo posible para asegurarse de que transmite todo lo que necesita decir. Además, quieres asegurarte de que cause el menor dolor y sufrimiento posible, tanto para ti como para tu madre. El hecho es que no estás tomando esta decisión de lastimar a tu madre, sino que estás haciendo que se cure. Dicho esto, no querrás causar más dolor y sufrimiento del necesario. Aunque tal dolor y sufrimiento no serán evitables por completo, se puede minimizar cuando se dicen las palabras correctas, en el momento adecuado y de la manera correcta.

Lo primero que tienes que hacer es prepararte para la charla en sí. Tal evento será cargado emocionalmente en un grado monumental; por lo tanto, usted debe escribir las cosas que desea decir, ya que la probabilidad de que recuerde todo en el momento será prácticamente inexistente. Esto es especialmente cierto si tu madre se vuelve confortativa, convirtiendo la charla en una discusión o incluso en una pelea total. Tales condiciones probablemente harían que tu mente se llenara de todo tipo de pensamientos y sentimientos, reemplazando tu discurso cuidadosamente preparado por un tornado cargado emocionalmente de palabras reaccionarias y agresiones verbales. Sin embargo, cuando escribes las cosas que quieres decir, te evitarás perder el control, lo que te permitirá decir lo que necesitas decir para sentirte mejor sobre la elección que estás tomando. No es necesario escribir un discurso como tal; en su lugar, simplemente puede enumerar los puntos que desea hacer, comprobándolos mentalmente o incluso físicamente cuando sienta que los ha expresado adecuadamente.

El escenario de la charla puede ser tan importante como la charla en sí. Soséntalo en un lugar favorable para ti, y puedes poner a tu madre en una postura defensiva que eliminará cualquier esperanza de terminar las cosas en una nota civil. Alternativamente, mantenerlo en un lugar favorable para ella. Puede volver las mesas en su contra, haciéndole sentir extremadamente incómodo e incierto, potencialmente socavando su determinación de ver la charla a través. Por lo tanto, es esencial que cuando tienes la conversación que termina tu relación la tengas en una ubicación neutral, una que ni favorece a un lado sobre el otro ni pone a ninguna de las partes en desventaja. Lugares públicos como playas, parques o lagos son ideales, ya que ofrecen una especie de privacidad al tiempo que permiten a ambas partes no sentirse atrapadas, como podrían hacerlo en un entorno de hogar. Además, la naturaleza pacífica de un parque o una playa puede reducir la carga emocional del evento, dándole la mejor oportunidad de encontrar el cierre de la manera más indolora y pacífica posible.

Trascender la culpa y la culpa

Una trampa en la que muchas personas caen al poner fin a una relación es culpar y culpar a la otra persona por todas las cosas que han salido mal. La persona con la que estás terminando tu relación habrá hecho mucho para causarte dolor y sufrimiento; de lo contrario, usted no tendría ninguna razón real para terminar su relación con ellos. Sin embargo, eso no significa que tenga que poner a la otra persona en juicio. Tal acto sólo sirve para permitirle desahogar su ira y frustración a expensas de la otra persona. No importa lo mala que sea tu relación, simplemente no es la forma en que quieres poner fin.

La mejor manera de abordar esta situación es mirar hacia adelante y no hacia atrás. Esto es particularmente cierto en el caso de poner fin a una relación con una madre dependiente. Aunque puede ser tentador mencionar todas las cosas que tu madre ha hecho para lastimarte en el pasado, incluyendo todo el abuso emocional, los viajes de culpa, los ataques de ira e incluso el abuso físico, la verdad es que traer todos esos eventos sólo te mantendrá arraigado en el pasado. Para dejar atrás tu pasado, debes aprender a mirar hacia adelante, no hacia atrás. Por lo tanto, debe basar su conversación en el futuro que está tratando de construir. Este puede ser un futuro en el que necesites pasar más tiempo con tu propia familia, requiriendo así que ya no hagas el papel del dador a tu madre-toma. También puede incluir cosas tales como la necesidad de tomar sus propias decisiones, lo que hace que sea necesario liberarse de los comportamientos de control de una madre dependiente. Al final, cuando te centras en la naturaleza positiva del futuro, deseas asegurarte de que el acto de poner fin a tu relación con tu madre tenga un tono positivo. Si nada más, tal tono te ayudará a sanar del evento, liberando tu corazón y tu mente de cualquier culpa que te alejaría de la felicidad que mereces.

Practicar la compasión y la tranquilidad

El acto de poner fin a una relación es una especie de moneda de dos caras. Por un lado, usted tiene el acto de poner fin a su vida pasada, el dictado por el comportamiento dependiente y el dolor y el sufrimiento de tal comportamiento resultaron en. En el otro lado, tienes el comienzo de una nueva vida, definida por la esperanza, la felicidad y un corazón y una mente saludable. Si bien poner fin al pasado es un paso importante, se puede argumentar que el paso más importante es el primero en su nueva vida. Esta es otra razón por la que es importante mirar hacia adelante en lugar de volver cuando se tiene la conversación que pone fin a su relación de código pendiente. Al mirar hacia adelante, puedes usar el acto de terminar tu relación como un trampolín desde el que impulsarte a una nueva vida, convirtiendo así el evento en una especie de renacimiento, algo positivo y emocionante.

Capítulo 8: Mejorar la codependencia en la vida

La responsabilidad más difícil y fundamental que asumirás es enfrentarte a tu codependencia y a los más cercanos a ti. Darán un gran salto de fe para volverse vulnerables con la esperanza de ser una persona más segura en el futuro. Para que esta transformación suceda, tienes que aprender a caminar por tu mundo con gracia y confianza, establecer los límites correctos para ti, interactuar con las personas directamente, pero de una manera amable, y ser asertivo al lidiar con los problemas.

Aprender a ser un mejor miembro de su familia

Después de haber aprendido que tus patrones de codependencia volvieron a la familia, es posible que hayas descubierto algunos esqueletos dentro de ese armario. Si usted ha negado cualquier abuso o deficiencia dentro de su familia, esto podría haber sido una revelación dolorosa. Usted tiene que explorar los orígenes de su familia para entender su codependencia. Recuerda que no eres perfecta, así que esto significa que tu familia no va a ser perfecta.

Orígenes familiares

Necesitas usar tu diario y pensar en tu familia. Intente escribir cualquier comportamiento o patrón que pueda haber causado su codependencia. Cree un encabezado para todos los miembros de su familia e intente responder a las siguientes preguntas:

- ¿Qué sentimientos sentías más cuando estabas cerca de esta persona?
- Por las cosas que sabes ahora, ¿son dependientes?
- ¿Estaba esta persona cuando los necesitabas?

- Por las cosas que sabes ahora, ¿son narcisistas?
- ¿Esta persona expresó sentimientos fácilmente?
- ¿Estaban enfermos mentales o físicos crónicos?
- ¿Explotaron o gritaron cuando se enojaron?
- ¿Esta persona ha violado alguna ley o ha participado en actividades peligrosas o imprudentes?
- ¿Esta persona te hizo creer erróneamente?
- ¿Alguna vez esta persona se volvió adicta al gasto, la ira, el tabaquismo, el juego, el alcohol, las drogas, etc.?
- ¿Alguna vez esta persona modeló algún comportamiento de codependent para usted? ¿Qué eran?
- ¿Cómo lidiaron con la ira y manejaron los conflictos?
- ¿Te hicieron sentir amado?
- ¿Alguna vez fueron sexual, emocional o físicamente abusivos?

Después de haber escrito sobre todos los miembros de su familia y utilizado estas preguntas, vea si puede afirmar o averiguar lo que sabe acerca de su familia y cómo podrían haber plantado sin saberlo las semillas de su codependencia.

Ahora, tómese el tiempo para mirar hacia atrás en lo que ha descubierto y ver si hay problemas no resueltos dentro de su familia. No ayuda a desenterrar el dolor y el dolor y dejarlo desatendido.

Averigüe si puede resolver estos problemas por sí mismo o si necesita abordarlos con un miembro específico de su familia. Tu objetivo es dejar de ser la víctima. ¿Qué puedes hacer para evitar que estos fantasmas te molesten ahora?

Hay algunas maneras en que puede ver la información que descubrió sobre su familia. Una manera es averiguar cómo estas cosas afectan tus relaciones actuales y cómo podrían cambiar tu comportamiento con ellas. La segunda manera es averiguar si debe enfrentar los problemas que tiene con miembros específicos de la familia. ¿Esto ayudará a disminuir el poder que tienen sobre ti?

A algunas personas les gusta trabajar solo con sus familiares actuales, es decir, con hijos y pareja. Algunos quieren hablar con sus padres y familiares que estaban alrededor cuando estaban creciendo. Todo depende de la persona y de cuánto hayan excavado en el pasado. Podrían haber encontrado algunos esqueletos con los que necesitan lidiar.

Búsqueda de esqueletos

Una de mis clientas, Charlene, recordó que fue abusada por su hermana mayor cuando era una niña a través de la escritura en su diario, mindfulness y lectura. Su hermana saltaba constantemente y la asustaba. La encerraba en su dormitorio, apagaba las luces, robaba sus pertenencias, rompía sus juguetes, la golpeaba, la asfixiaba y la asfixiaba. Charlene le dijo a los demás y a ella misma que tuvo una buena infancia, excepto por un poco de "rivalidad entre hermanos".

Después de que Charlene decidió echar un vistazo más de cerca a su infancia, volvió a experimentar el dolor. Se dio cuenta de que era necesario mirar la relación que tenía con su hermana. También se preguntó por sus padres. ¿Dónde estaban sus padres? ¿Por qué no estaban cerca para protegerla? ¿Por qué Charlene no se lo dijo a sus padres, detuvo el abuso o hizo algo? Charlene decidió ver a un terapeuta para obtener ayuda para su ansiedad y depresión desencadenada por estos recuerdos.

Con terapia, Charlene se dio cuenta de que no confiaba en la gente. Debido a que ella no confiaba realmente en su marido, la hizo sospechar y controlarla. Esto causó acusaciones y argumentos infundados que se hicieron explosivos. También se dio cuenta de que la mayoría de las veces todavía se sentía como una víctima. Ella constantemente se preparó, esperando a que alguien la lastimara. Charlene decidió hablar con su marido sobre esto y pidió su ayuda con los desencadenantes del abuso infantil. Charlene pudo trabajar en sus problemas con la ayuda de su marido. Esto, a su vez, ayudó a su relación.

Charlene no se había puesto en contacto con su hermana durante mucho tiempo y esperaba no volver a verla nunca más. No quería confrontarla por todo el abuso. Decidió escribirle una carta a su hermana en su diario. No planeaba enviárselo. Durante su terapia, su hermana se enfermó y le preguntó a Charlene si podía venir a visitarla. Charlene comenzó a entrar en pánico. Habló de sus sentimientos y pensamientos con el terapeuta.

Charlene decidió que era hora de hablar con sus padres y decirles lo que experimentó mientras crecía. Les hablaba de tener miedo todos los días. Finalmente les preguntó por qué nunca intervinieron y trató de detener el abuso. Sus padres parecían sorprendidos por la noticia. Se disculparon profusamente y preguntaron si había algo que pudieran hacer ahora para ayudarla. Charlene decidió perdonarlos. Esta alianza con sus padres hizo que Charlene se sintiera mejor al enfrentarse a su hermana. Charlene no sentía que fuera víctima de todos ellos. Se sintió afirmada ya que sus padres la entendían y podían ayudarla a ser amable con su hermana.

Charlene eligió lidiar con el origen de sus problemas donde sintió más dolor. Dedicó mucho tiempo de terapia a trabajar a través del abuso infantil, lo que la ayudó a hablar con sus padres. Sintió que había resuelto los problemas de sus padres y decidió que no se enfrentaría a su hermana.

Nunca habrá una decisión equivocada o correcta cuando se hable de heridas de origen familiar. Si siguen siendo abusivos, podrías decidir decirles que se detengan. Usted podría decidir dejar de pasar tiempo con ellos y poner límites firmes en su lugar. Incluso podrías decidir lidiar con cada comportamiento no deseado a medida que aparecen. Depende completamente de ti.

Aprender a ser un mejor amigo

Cuando empieces a cambiar y a avanzar hacia una vida sin codependencia, atraerás nuevos amigos. Estas amistades serán más interdependientes y mutuas. Mientras trabajas para ser un amigo igualitario, tendrás diferentes aspectos de la amistad sobre los que escribir en tu diario.

¿Quiénes son tus amigos?

Como escribiste en tu diario sobre tu familia, harás lo mismo con tus amigos. No te preocupes por los conocidos, sólo las personas a las que consideras tus verdaderos amigos. Escriba todos sus nombres en la parte superior de la página. Si sólo tienes unos amigos cercanos, eso es bastante normal. Es posible que quieras incluir amigos que consideres tus amigos de segundo nivel. Ahora tienes que decidir si los viejos amigos todavía encajan con el nuevo tú. Si estas amistades son dependientes, puedes decidir seguir adelante, o podrías decidir trabajar en mover la amistad a un lugar mejor.

Responda a cada una de estas preguntas para ayudarle a decidir:

- ¿Tus amigos son demasiado exigentes?
- ¿Tus amigos siempre buscan tu consejo?
- ¿Tu amigo es frágil o inestable?
- ¿Tus amigos no están interesados en lo que estás pasando y no te das cuenta de que estás luchando?
- ¿Tus amigos llaman a menudo y esperan que te detengas y hables con ellos?

- ¿Tienes que caminar sobre cáscaras de huevo cuando estás a su alrededor?
- Cuando hablan con tu amigo, ¿hablan más del 50% del tiempo?
- ¿Tus amigos cancelan las fechas del almuerzo o simplemente no aparecen?
- Si no estás disponible, ¿tu amigo se enoja?

Podría darte cuenta de que algunos amigos no están mejorando tu vida. Eres único la persona que sabrá si la amistad no tiene remedio y debe seguir adelante. Si decide tratar de ayudarlos, estas amistades podrían ser unas oportunidades de trabajo constantemente en tu codependencia.

Resolver problemas con amigos

Examina a tus amigos escribiendo en tu diario. ¿Hay algún problema sin resolver del que haya tenido miedo de hablar con ellos? Crea una lista para todos tus amigos y procesa cada uno. Tienes que decidir si puedes deshacerte de problemas que no puedes controlar o si simplemente no quieres lidiar con ellos. Si los problemas siguen ahí, trate de acercarse a ellos. Si puedes aprender a ser más franco y honesto con tus amigos y volverte ofensivo, ahora tienes nueva información que puede ayudarte a tomar mejores decisiones sobre tu amistad.

Antes de empezar a hablar con tu amigo, necesitas saber lo que quieres lograr. ¿Qué te motiva? Si estás motivado para fortalecer la amistad y resolver las cosas siendo honesto, adelante. Si te sientes lo suficientemente valiente como para hacerles saber que son un idiota, sólo guarda tu aliento y déjalos ir.

Evaluar nuevos amigos

Mientras cambias, la gente nueva va a entrar en tu vida. Te verán como compasivo, bien ajustado y asertivo, una persona que puede ser honesta sobre lo que siente y es directa sobre sus límites y expectativas. Puede que eso no sea lo que están buscando. Es posible que quieran satisfacer algunas de sus necesidades de codependencia. Tal vez quieran un amigo clave que se encargue de ellos.

Has aprendido lo suficiente sobre la codependencia para ver banderas rojas en amistades y relaciones. Ocúpate de cualquier inquietud que tengas inmediatamente. Recuerda que puedes ponerte a ti mismo y a tus necesidades primero y detener una amistad que no es saludable en ningún momento. Si un nuevo amigo comienza a cancelar todas las reuniones al principio de la amistad, esto podría indicar que no están interesados en ti. Esto demuestra que piensan que sus necesidades son más importantes que las suyas. Si los nuevos amigos comienzan a pedir favores, esto podría mostrar que son muy necesitados. Si un nuevo amigo habla constantemente de sí mismo, eso no es bueno. Si un nuevo amigo se ofende fácilmente, cotillea sobre otros amigos, está malhumorado y te malinterpreta mucho, todos estos son banderas rojas.

Un viejo dicho dice: "Los socios van y vienen, pero los amigos son para siempre".

Sí, los amigos son importantes para nuestro bienestar emocional, y algunas amistades duran toda la vida. Sólo asegúrate de elegir a tus amigos sabiamente.

Capítulo 9: Pasos de codependencia

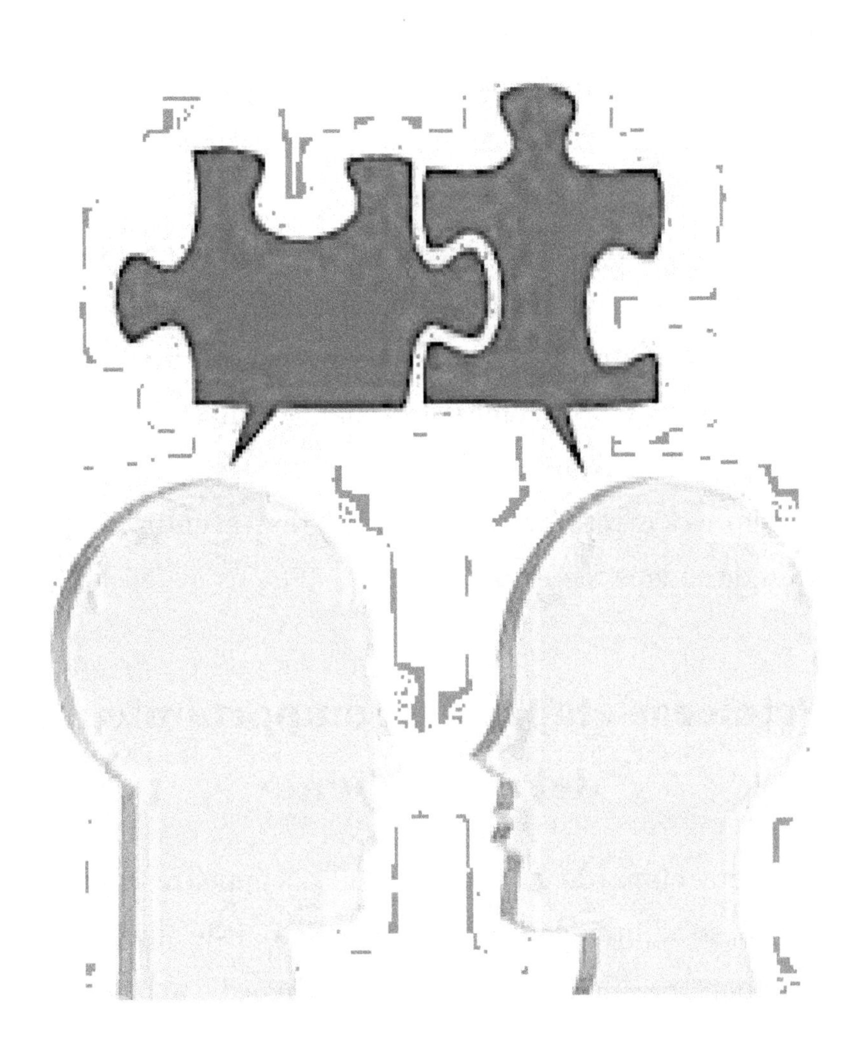

Se ha establecido por psiquiatras practicantes y consejeros médicos que la co-dependencia es una condición progresiva. Las personas muestran un empeoramiento progresivo de los síntomas paralelos a los de un adicto o un alcohólico. En las etapas posteriores, tanto los codependentes como los alcohólicos o drogadictos muestran serios problemas mentales y/o físicos. Si la afección no se trata correctamente y con el tiempo, puede bajar en espiral al igual que el alcoholismo. Al igual que los alcohólicos, los codependents muestran mejoras cuando reciben tratamiento. La recuperación se puede iniciar en cualquier momento para el código pendiente. Nunca es demasiado tarde. Sin embargo, cuanto antes comience el proceso, más fácil será tratar la enfermedad. Esto podría ayudar a los lectores a identificar hasta dónde se han aventurado en los carriles de codependencia.

Primeras etapas del comportamiento del dependiente

La primera etapa de la codependencia comienza cuando el individuo se adjunta demasiado a un sujeto. Este sujeto podría ser una persona, una sustancia o un patrón de comportamiento como el juego. El apego que pronto alcanza el nivel de obsesiones hace que el individuo dependa del sujeto de una manera poco saludable.

Es posible atraerse a una persona necesitada o involucrarse adicionalmente con un miembro de la familia en particular. Nos gustaría constantemente ayudar y complacerlos. Poco a poco nos apeamos cada vez más emocionalmente a esa persona que pierde el foco en nuestras propias vidas en el proceso. Esto convierte la relación en una obsesión y comienza a herir a los dos individuos involucrados.

Para recuperarse de este punto en codependencia, debe enfrentar el problema directamente y reconocer la realidad de la relación. Este es un requisito previo para cambiar esta realidad disfuncional de codependent tuyo. El cambio podría inspirarse en cualquier cosa. Tal vez el deseo de llevar una vida más feliz con su pareja podría iniciar su proceso de recuperación de la codependencia, usted debe tener una llamada de atención. El cambio debe convertirse en imperativo y en lugar de ignorar o minimizar los hechos, debe aceptarlos como duros pero verdaderos. La negación no nos lleva a ninguna parte. La recuperación de la codependencia comienza con la recopilación de toda la información que puede y la búsqueda de ayuda de profesionales. Muchas personas optan por unirse a la psicoterapia o a un programa de doce pasos. El proceso de recuperación implica redescubrir su identidad perdida y arrojar el peso de las diversas fachadas o disfraces que creamos a nuestro alrededor.

Etapas intermedias de Codependencia

En las etapas intermedias de la codependencia, los síntomas extremos como la negación, las emociones dolorosas y los patrones conductuales obsesivos y compulsivos comienzan a mostrarse en el individuo. Podría haber estallidos ocasionales de violencia y la persona está al límite y necesita ser rescatada. Los pacientes en esta etapa sienten la necesidad obsesiva o la necesidad de controlar y tomar el poder. La recuperación de la independencia, el equilibrio y la tranquilidad es intrínsa para recuperar el sufrimiento del paciente en las etapas intermedias de la codependencia.

Las personas avanzan a la fase intermedia de la codependencia debido a la falta de apoyo y la constante denegación del problema. Las personas tienden a minimizar el problema y empujarlo al fondo para ocultar los aspectos dolorosos de sus personalidades de sí mismos y del mundo en general. Mientras tanto, la adicción de la persona a tomar el control sigue aumentando y envenena la relación hasta un punto irreparable. Las personas en la etapa intermedia de codependencia comienzan a ayudar más a controlar. Terminan asumiendo responsabilidades que no son suyas y se sobrecargan hasta el punto de la ruptura. Es común que los cambios de humor aumenten durante esta etapa debido a los crecientes conflictos en la psique del paciente. Los codependentes a menudo caen en adicciones cruzadas durante esta etapa de codependencia.

Esta es la etapa en la que se lleva a cabo la recuperación más intensiva. Los pacientes comienzan a practicar la no apego y tratan de comprender la sensación general de su impotencia sobre el tema de sus dependencias. El objetivo es desarrollar un enfoque en el yo del paciente y quitar el enfoque de la sustancia de la dependencia. A medida que el enfoque se desarrolla alrededor del yo, también lo hace la autoconciencia y el autoexamen del paciente. Esto es parte tanto de la psicoterapia como del programa de doce pasos prestado de la AA. AA subraya que el éxito de cada alcohólico en la recuperación del alcoholismo depende de la rigurosa auto-honestidad del paciente, que se mantiene para todos los pacientes que tratan de recuperarse de la co-dependencia.

Es cuando el paciente necesita dejar de culpar a otros por su condición porque pasar el dinero no tiene ningún uso en el proceso de tratamiento. Incluso si el paciente ha sido objeto de abuso y opresión, todavía debe convertirse en su responsabilidad tratar de liberarse de la sensación de inseguridad e insuficiencia. Sólo ellos pueden restaurar su autoestima en sus ojos y por lo tanto necesitan creer en sí mismos.

Etapa final de codependencia y recuperación

En la etapa final de la codependencia, el contraste entre la enfermedad y la salud se convierte en el más pronunciado. El mundo del codependent no tratado se reduce y su salud disminuye. A medida que la codependencia progresa y llega a su etapa final, los conflictos se vuelven muy comunes. Hay una nueva disminución de la autoestima y el cuidado personal. Los síntomas crónicos de la codependencia incluyen trastornos obsesivos-compulsivos más progresados y adicciones. Tales comportamientos compulsivos podrían incluir el monitoreo del adicto, habilitación, TOC, dieta, tener aventuras, comer en exceso, y alcoholismo. La recuperación en esta etapa final de la codependencia depende de la reincorporación de la autoestima y la confianza del paciente. Se anima al paciente a seguir sus propias metas y a realizar actividades que les interesen específicamente. Los pacientes expresan el deseo de articularse y expresarse plenamente en aras de la alegría y la libertad que experimentan al hacerlo.

El enfoque cambia gradualmente de afuera a interior en el sentido de que el paciente se obsesiona menos con el otro y en su lugar comienza la autorreflexión y el análisis crítico de su comportamiento. A medida que, y por el enfoque cambia del objeto de adicción o dependencia, el paciente se da cuenta de que son mucho más deseosos y capaces de una intimidad auténtica.

La recuperación y el tratamiento de la codependencia implican un mantenimiento continuo para evitar cualquier recaída en el estado de codependent de nuevo. Pueden pasar varios años antes de que los cambios y la recuperación se conviertan en una parte integral de usted.

Capítulo 10: Mantener la comunicación abierta

La comunicación efectiva es la clave para el bienestar de cada relación. También refleja tu nivel de autoestima. Pero en el caso de los codependents, la comunicación no es tan fácil y a menudo disfuncional. Mientras crecían, nadie en su familia se comunicaba abiertamente con ellos, así que nunca lo aprendieron. Cuando nacen en familias disfuncionales, por lo general uno o ambos padres son abusivos o agresivos, y eso es lo que aprenden a ser. Pero otros se aislarán y sintonizarán la vida cotidiana normal. En ambos casos, habrá desarmonía, y sus relaciones futuras no serán saludables.

A estas alturas, ya has empezado a entender cuáles son tus sentimientos y pensamientos y cómo puedes abstenerte de controlar cada situación. Y con la práctica adecuada, usted aprenderá los medios de comunicación efectiva también. Cuando tu enfoque se basa en otra persona, reaccionas de manera diferente, siempre teniendo en cuenta cómo reaccionarán los demás. Pero, cuando transmites tus sentimientos sin ningún objetivo de manipulación, es cuando la reacción de los demás se vuelve cada vez menos importante para ti.

No sólo sus palabras constituyen una estrategia de comunicación eficaz. Involucró a todo tu cuerpo. Usted necesita tener expresiones adecuadas y también mantener el contacto visual con la persona con la que está hablando. Tu postura y tensión muscular también importan. Además, tu voz determinará tu confianza, y, por lo tanto, varios aspectos de tu voz como tu tono, volumen, énfasis, cadencia y enunciación son de vital importancia.

Sea asertivo

Si quieres inspirar influencia y proyectar confianza, entonces necesitas practicar la comunicación asertiva. Si no sabes cómo hacerlo, entonces no te preocupes, ya que no es ciencia de cohetes y se puede aprender. Todo lo que necesitas hacer es ser paciente contigo mismo. Pero primero, necesitas entender el significado de ser asertivo.

El asertividad consiste en afirmar tus verdaderos sentimientos y emociones de una manera educada pero clara. También puede incluir explicaciones sobre por qué siente la forma en que se siente. Las principales cualidades de la comunicación asertiva son honestas, directas y abiertas, y nada como ser grosero, agresivo o egoísta. Si usted está dispuesto a participar en la comunicación asertiva, usted tiene que ser honesto acerca de sus sentimientos. Las palabras que salen de tu boca deben coincidir con tus sentimientos. Los codependents suelen ser diferentes en el exterior que, en el interior, que es necesario eliminar. Por ejemplo, tu lenguaje corporal revelará cómo te sientes realmente, incluso si dices que estás bien. Si usted está en una relación íntima con alguien, el contacto visual es obligatorio.

El propósito de la comunicación asertiva es expresarse educadamente y no desahogarse. En el momento en que no mantengas un nivel de cortesía, perderás a tus oyentes. Su crítica debe ser constructiva, y usted tiene que tratar a su oyente con respeto. También tienes que ser conciso sobre lo que estás diciendo. Deja de golpear alrededor del arbusto y ven al grano. Cuando estás siendo wordy, tu oyente sabrá que no eres consciente de lo que quieres. Los codependentes tienen la costumbre de ser indirectos. Pero es necesario practicar la franctividad y no hacer ningún comentario camuflado. Deja de hablar abstractamente o con pistas y también deja de hacer suposiciones.

Además, la comunicación es un enfoque bidireccional. Tienes que escuchar lo que la persona delante de ti tiene que decir si realmente quieres que te escuchen. Las personas serán más receptivas a ti cuando entiendan que te importan, y puedes lograr este sentimiento escuchando y interactuando con ellos.

Expresa tus sentimientos y necesidades

Tus sentimientos y pensamientos son dos cosas diferentes, y no debes confundirte entre los dos durante la comunicación. Por ejemplo, si alguien te puso de pie en una cita, y llamas a esa persona para decirle lo desconsiderados que eran, no estás comunicando tus sentimientos. Simplemente les estás diciendo lo que piensas. Esto está mal. En lugar de centrarse en sus defectos, concéntrate en lo que sentiste y transmitiéndolo. Diles lo importante que era esa fecha para ti y que te sentías triste porque la persona te levantó. Reclama tus sentimientos, y la mitad de tus problemas serán resueltos.

En el momento en que reclames tus sentimientos, verás que no necesitas justificarte por nada. En algunos casos, verás que los únicos sentimientos iniciales que surgen son la ira y el resentimiento, pero con cada momento que pasa, tienes que aprender a cavar profundamente y entender los pensamientos más profundos. El proceso se vuelve difícil cuando eres demasiado emocional. El punto es comunicar cómo te sentiste en lugar de desahogar tu ira sobre la persona que está frente a ti.

Los codependents generalmente no se centran en sus propias necesidades. Temen la humillación y el rechazo, y todo esto surge de la vergüenza que enfrentaron en sus años de infancia. Si ya ha identificado sus necesidades, entonces la mejor manera de expresarlas es pedirles que se cumplan directamente. Pero al hacerlo, no deberías criticar a otra persona ni terminar culpándola. Ese es el enfoque equivocado. En su lugar, usted tiene que decirle a la persona acerca de los efectos positivos de satisfacer sus necesidades. También puede decirles cómo se siente cuando sus necesidades no se satisfacen. Esto puede parecer aterrador a medida que te haces vulnerable, pero esto también hará que tu relación sea más fuerte y te acercará a tus seres queridos.

Aprende a tomar una posición

Necesitas tomar algunas posiciones directas en tu vida si quieres practicar la comunicación asertiva. Esto significa que tienes que hacer declaraciones claras sobre lo que quieres hacer y lo que no quieres hacer. Tienes que ser vocal sobre tus gustos y disgustos. Pero, como ya se ha mencionado anteriormente, los codependents tienen un enfoque indirecto de todo en su vida. Siempre tratan de evitar conflictos ocultando su verdadero yo y evitando situaciones en las que tienen que hacer preguntas. Pero no tomar una posición significa que estás dejando cada sensación sin resolver.

Además, tomar una posición no significa que tenga que reaccionar a las situaciones, exactamente lo que hacen los codependents. Reaccionaron exageradamente, dando lugar a conflictos, y luego se alejaron de nuevas conversaciones temiendo que el mismo conflicto volviera a surgir. Esto sigue y sigue como un ciclo.

Algunas personas piensan que no sirve de nada tomar una posición o expresar sus opiniones porque a nadie le importaría. Pero necesitas entender que no estás hablando por los demás. Estás hablando por ti mismo, así que no importa cuáles sean las opiniones de los demás. En el momento en que hables, empezarás a sentirte mejor contigo mismo porque, finalmente, habrás expresado lo que realmente sientes.

Cuidado con los escollos

Algunos escollos pueden surgir en su camino, y están especialmente destinados a mantener a los codependents lejos de los enfrentamientos. Algunas de las cosas que debes hacer para superar los obstáculos son las siguientes:

- ***Deja de victimizarte a ti mismo:*** Los dependientes a menudo están acostumbrados a presentarse a sí mismos como la víctima. Pero usted debe ser responsable de sus acciones y describir lo que está sintiendo en lugar de victimizarse a sí mismo.
- ***No generalices:*** Si empiezas a hacer declaraciones generalizadas en lugar de hacer otras específicas, la conversación se convertirá en algo más sobre qué memoria sirve mejor. Por ejemplo, podrías estar diciéndole a tu

cónyuge que nunca recuerda tu aniversario, pero lo que querías decir era que él ha dejado de prestarle prestación homenaje a tu felicidad.

- ***No tires disculpas vacías:*** Si te disculpas, entonces lo digo en serio. Las disculpas vacías pueden ser molestas. Si usted no está seguro de si le debe a alguien una disculpa, entonces siempre es mejor aclarar la situación en lugar de decir lo siento sin quererlo.
- ***Deja de justificarte:*** Cuando intentas explicarte en cada momento, simplemente permites que otros te critiquen o te juzguen. También muestra que tienes un bajo nivel de autoestima. Le da a la persona que está frente a ti la oportunidad de continuar el argumento. Es razón suficiente para que quieras algo, y no necesitas justificar tus deseos. También puedes cambiar de opinión cuando quieras, y no necesitas darle a nadie una explicación para eso.
- ***Apegarse al tema:*** Para evitar confrontaciones, los codependents tienen la costumbre de cambiar el tema de las conversaciones. Pero necesitas aprender a responder directamente a todo sin cambiar el tema.
- ***Evite el juego de la culpa:*** Como ya he mencionado esto muchas veces antes, no voy a entrar en los detalles, pero usted se verá tentado a culpar a los demás por sus acciones. Simplemente tienes que controlar tu deseo de hacer eso.

Set Limits and Boundaries

We are going to talk about how setting boundaries is a prerequisite for effective communication. When you set boundaries, you refrain from situations where others can take advantage of your goodness. You will be able to protect yourself. Boundaries don't have to be complex. It can be as simple as spending lesser hours on your phone or something like not spending time with a toxic person.

When you set boundaries, you are honoring your own needs and wishes over that of others. You are standing up for yourself, which will help you in the long run. When you say no to others, it means that you are saying yes to your own needs. You will gain a sense of freedom. You can also resist answering questions hurled at you because you are not obliged to have an answer to everything. You should take your time while you are setting boundaries and think it through. You need to be clear about what you want; otherwise, your boundaries will get messed up. If you are not ready to set boundaries, but you do so anyway, you will be undermining your credibility.

Confront Abuse

Abuse should always be confronted. If you keep on enduring the abuse done to you, it will give your abuser all the more reason to continue the emotional manipulation because they know that you are not going to leave. To start the confrontation, you first have to identify the situations when you are emotionally abused. You need to identify the tactics that the abuser is using and maintain a note of them. Identify your feelings when you are being abused. You need to instill self-respect and a belief that you deserve better and that you deserve to be respected.

Conclusión

Ya se ha declarado explícitamente que el proceso de recuperación para la curación de la codependencia es un viaje y toma más de un día para sanar la mente, el cuerpo y el alma. Una de las partes más importantes de la curación de la codependencia que a menudo se pasa por alto es dar a uno mismo el tiempo para llorar. Las personas que sufren de codependencia generalmente no son conscientes de que tienen la enfermedad, y, por lo tanto, cuando se dan cuenta de que son dependientes, puede ser todo un shock. Es importante que la nueva información tenga tiempo para instalarse en el cerebro de la persona antes de tratar de desafiar los patrones de pensamiento negativos.

Uno de los mejores cursos de acción es permitir que uno mismo se entristece. Cuando una persona aprende información negativa, necesita darse la oportunidad de llorar la vida que pensaba que estaba llevando frente a la realidad de lo que ha pasado. El proceso de duelo también es clave porque la codependencia es casi siempre el resultado de algún tipo de trauma infantil, como tener padres tóxicos. La persona dependiente debe tomarse el tiempo para lamentar su trauma desde que era un niño, y también puede usar ese tiempo para llorar cualquier otra relación tóxica en la que pueda haberse encontrado a lo largo de los años.

Después de que la persona dependiente siente que ha tomado suficiente tiempo para llorar, puede tomar las medidas necesarias para recuperarse alterando su mentalidad en una dirección más positiva. Hay una multitud de maneras en que una persona puede mejorar su forma de pensar y su mentalidad general. Numerosas opciones han sido tocadas, pero buscar ayuda de un profesional médico también es un componente importante para recuperarse de la codependencia. La ayuda de un consejero puede ayudar a una persona dependiente a implementar las diferentes opciones de curación desde la codependencia.

Una vez que una persona dependiente es capaz de entender su enfermedad, puede romper el ciclo de su auto-traición impulsiva. Cuando una persona está en el grueso de una relación dependiente, los aspectos dolorosos y disfuncionales pueden hacer que parezca que es imposible detener las tendencias codependentes. Sin embargo, cuando una persona está motivada, puede detener el ciclo y llevar una vida más saludable.

Algunos pasos posibles para romper el ciclo de codependencia realmente utilizarán una gran cantidad de la información ya proporcionada para usted. Antes de que una persona tome las medidas necesarias para detener el ciclo de codependencia, reconocerá los signos, síntomas y experiencias pasadas que han llevado a las tendencias de codependent. No es hasta después de que esto se ha hecho que el individuo puede comenzar a tener relaciones más saludables en el futuro. También es cierto si una persona está intentando detener sus tendencias de codependent en su relación actual. Sin embargo, la persona que sufre de la enfermedad también debe tomarse el tiempo para entender si su pareja actual está permitiendo o no el comportamiento dependiente de la persona porque es una pareja tóxica o abusiva. Si ese es el caso, la persona dependiente debe salir de la relación tan pronto como sea posible.

El primer paso para romper el ciclo de codependencia es que la persona que sufre de la enfermedad aprenda a hacer autocuidado. Cuando una persona está en una relación dependiente, tiende a perder de vista quién es fuera de su pareja. Ya se ha abordado que las personas dependientes pasan la mayor parte de su tiempo centrándose en las necesidades y deseos de su pareja en lugar de lo que quieren.

Con la práctica del autocuentrato, la persona dependiente se está tomando el tiempo para explorarse a sí misma en lugar de sólo su pareja. La exploración en uno mismo debe centrarse en los deseos y necesidades de la persona dependiente, así como en sus gustos, disgustos y sentimientos.

Si una persona dependiente no se toma el tiempo para explorar los pasos necesarios de aprender sobre uno mismo y lo que necesita fuera de sus relaciones, entonces es probable que se encuentren volviendo a sus viejos hábitos de ayudar a los demás y poner las necesidades de otras personas por delante de las suyas.

El segundo paso para romper el ciclo de tendencias codependentes es aprender a ser más independiente. Para reiterar lo que ya se ha dicho sobre cómo ser más independiente, comienza con tomar tiempo para uno mismo. Las personas dependientes que buscan cambiar sus pensamientos y comportamientos negativos deben aprender a hacer las cosas por su cuenta sin sentirse asustados o culpables. La persona dependiente puede considerar tomar un nuevo pasatiempo por su cuenta, ir al cine o cenar por su cuenta, o hacer mandados sin la ayuda de su pareja. A las personas dependientes no les gusta pasar tiempo solas porque terminan sintiéndose abandonadas o rechazadas, por lo que encontrar independencia puede ayudar a evitar que los pensamientos negativos fluyan mientras están solos.

La independencia también es una gran herramienta para cómo una persona puede aumentar su confianza, que es otra cosa con la que las personas dependientes luchan. Las personas dependientes habrán experimentado infancias traumáticas en las que era probable que al menos uno de los padres hubiera tenido una relación tóxica con su hijo. El niño habría crecido teniendo una idea distorsionada de quiénes son y una sensación extremadamente baja de autoestima. La independencia es una manera para que la persona dependiente recupere su identidad y su sentido general de autoestima.

La siguiente manera de romper el ciclo de codependencia es que la persona ponga en marcha expectativas realistas en lugar de mantener su falso sentido de la realidad. Hemos tocado el hecho de que las personas dependientes tienen un falso sentido de la realidad debido a su distorsionado proceso de autoimagen y pensamiento.

Cuando una persona tiene expectativas poco realistas de una situación o relación, entonces simplemente se están preparando para ser decepcionada. Esto sucede a menudo para las personas dependientes debido a su deseo de satisfacer siempre todas las necesidades de otras personas, lo cual no es realista. La expectativa poco realista de que la pareja de una persona dependiente siempre los cumplirá es otro ejemplo de cómo se puede decepcionar a la persona de códigopendiente.

La mejor manera de dejar de tener expectativas demasiado altas es empezar a confiar en uno mismo más fuertemente, en lugar de en otras personas. Esto permitirá a la persona dependiente dejar de exigir que otras personas los cumplan, y comenzarán a hacerse cargo de su propia felicidad.

La cuarta manera de romper el ciclo de la codependencia es poner límites en su lugar con ambos, con otras personas y uno mismo. Un componente enorme de codependencia está teniendo poco o ningún límite en una relación. Esto se debe a que las personas que sufren de codependencia pasan tanto tiempo preocupándose por los demás que descuidan los límites importantes de su vida. Un ejemplo de esto sería si la pareja de una persona dependiente perdiera su trabajo y le pidiera dinero constantemente a la persona dependiente. La persona que sufre de la enfermedad querrá ayudar a su pareja de cualquier manera que pueda, lo que lleva a que regalen el dinero. No importa si la persona dependiente necesita el dinero para pagar facturas o cuidar de sí mismo de alguna manera.

Cuando una persona dependiente está buscando restablecer los límites necesarios, debe practicar la utilización de la palabra "no". Es importante no tener miedo de decir "no" a una persona o situación que no es saludable. No es egoísta o irrespetuoso rechazar a una persona u ofrecer si les hará daño de alguna manera; en realidad es extremadamente inteligente. Aprender a decirle a la gente "no" es parte de cuidar el propio bienestar, que es más importante hacer de lo que una persona dependiente puede pensar.

El último paso para romper el ciclo de codependencia es lidiar con el pasado. Las personas que crecen en hogares tóxicos pueden ni siquiera saber que son tóxicos cuando el comportamiento abusivo es más emocional que físico, o podrían no pensar que el abuso emocional es un gran problema. Como se indicó anteriormente, el abuso emocional es extremadamente dañino y puede tener un impacto duradero en una persona, tanto mental como físicamente.

Es importante que la persona dependiente mire hacia atrás en el pasado y examine sus relaciones con los miembros de la familia. El abuso que probablemente sufrieron o el descuido que pudieron haber experimentado, o cualquier otro evento posible podría haber llevado a la persona a no sentirse cómoda con lo que es.

No es ningún secreto que desenterrar viejas heridas y experiencias traumáticas es doloroso e incómodo, pero es una parte necesaria del proceso de lidiar con tendencias dependientes. Además, desempeña un papel clave en la capacidad de la persona dependiente para avanzar y romper el ciclo de su proceso de pensamiento negativo.

Incluso si una persona es capaz de romper el ciclo de codependencia por su cuenta, todavía tendrá que buscar el apoyo y la ayuda de un profesional médico. La ayuda de un profesional médico es donde la persona dependiente puede aprender más sobre cómo desarrollar habilidades de relación más saludables. Un profesional médico también es alguien que puede ayudar a la persona que sufre de la enfermedad a identificar la raíz de por qué las tendencias codependent comenzaron en primer lugar. El desarrollo posterior de la autoestima también se puede hacer con un profesional médico. El proceso de tratamiento para la codependencia generalmente incluye sesiones de terapia individual y grupal. El objetivo de cada sesión es guiar al paciente en la dirección de poner sus necesidades ante las necesidades de otras personas y detener los patrones de comportamiento destructivos que suceden en sus relaciones.

Lightning Source UK Ltd.
Milton Keynes UK
UKHW051230090521
383282UK00014B/309